"Je vous veux à moi, Marine, et pour toujours."

Frank l'attira à lui, la forçant à s'appuyer contre le torse viril. Elle se sentait grise. La tête lui tournait un peu.

"Nous sommes seuls tous les deux," reprit-il. "Vous m'appartenez déjà…"

Faiblement elle tenta de le repousser. Comment pouvait-elle lutter? Cet homme avait le pouvoir de la faire vibrer au plus léger contact.

Il resserra son étreinte. "Jurez-moi, Marine, que rien ni personne ne pourra nous séparer?"

"Serais-je ici, si je ne vous aimais pas? J'ai averti Philippe et…"

"Ne me parlez pas de lui! Plus jamais! Je veux l'oublier!" répliqua-t-il d'un air implacable.

Je te hais, mon amour

EMILY SMITH

Collection Colombine

PARIS • MONTREAL • TORONTO

Publié en août 1983

© 1982 Editions Colombine. Tous droits réservés. Sauf
pour des citations dans une critique, il est interdit de
reproduire ou d'utiliser cet ouvrage sous quelque forme
que ce soit, par des moyens mécaniques, électroniques
ou autres, connus présentement ou qui seraient inventés
à l'avenir, y compris la xérographie, la photocopie et
l'enregistrement, de même que les systèmes d'informatique,
sans la permission écrite de l'éditeur, Editions Harlequin,
225 Duncan Mill Road, Don Mills, Ontario, Canada M3B 3K9.

Le présent récit étant une oeuvre de pure fiction, toute
ressemblance avec des personnes vivantes ou décédées
serait due au seul hasard.

La marque déposée des Editions Harlequin,
consistant des mots Harlequin et Collection Colombine,
et de l'image d'un arlequin, est protégée par les lois du
Canada et des Etats-Unis, ainsi que dans d'autres pays.

ISBN 0-373-48074-1

Dépôt légal 3e trimestre 1983
Bibliothèque nationale du Québec et Bibliothèque nationale
du Canada.

Imprimé au Québec, Canada — Printed in Canada

CHAPITRE PREMIER

Marine Lancelin rabattit le fermoir de son porte-documents, sourit au magistrat à qui elle venait de remettre un dossier urgent et lui tendit la main.

— Merci, mademoiselle. Mes amitiés à maître Martinot.

« Mission accomplie », soupira-t-elle en s'éloignant rapidement à travers le dédale des couloirs jalonnés de portes capitonnées.

Il était six heures du soir et, en ce mois de mars capricieux, un récent orage obscurcissait le ciel. Inutile de repasser par l'étude. Elle allait rentrer directement chez elle, où Hélène devait l'attendre en préparant une dinette dans la minuscule cuisine du studio qu'elles partageaient depuis la mort accidentelle de leurs parents.

Un attendrissement lui vint en pensant à Hélène, cette sœur cadette, insouciante et farfelue, qui lui ressemblait si peu.

Marine atteignit la salle des pas-perdus, la traversa en se frayant un passage parmi les avocats en robe qui lui faisaient penser à des oiseaux au plumage de jais.

Soudain, elle fut brutalement bousculée par un homme qui lui fonçait littéralement dessus. Perdant l'équilibre, elle se raccrocha à son bras tendu, mais sa serviette de cuir lui avait échappé des mains et le fermoir s'était ouvert, libérant son contenu qui s'éparpilla sur le dallage.

— Je suis désolé…

Les paroles de colère qui lui montaient aux lèvres moururent au son de cette voix grave et chaude, aux inflexions caressantes. Ses yeux rencontrèrent ceux du maladroit : un regard sombre comme celui d'un gitan, où l'on ne distinguait pas la pupille. Il brillait comme une flamme ardente.

— Vraiment désolé, répéta-t-il en l'aidant à récupérer les documents.

Leurs mains se frôlèrent. L'inconnu, qui s'était agenouillé, se releva avec souplesse et sourit largement, révélant une denture de loup, saine et blanche. Il était étonnamment brun. Ses cheveux noirs tombaient en mèches indisciplinées sur son front énergique. Très grand, il dominait la jeune fille d'une bonne vingtaine de centimètres et elle était obligée de lever la tête pour lui répondre.

— Aucune importance.

Et elle fit mine de s'éloigner. Mais il courut derrière elle, lui saisit le bras.

— Je vous en prie, nous n'allons pas nous quitter comme cela ! Acceptez de prendre un verre avec moi, en signe de pardon.

— Je n'ai rien à vous pardonner, vous ne l'avez pas fait exprès.

— Il n'aurait plus manqué que ça ! C'est une très mauvaise excuse ! Non, je me sentirais coupable si nous n'enterrions pas la hache de guerre.

Marine n'avait pas l'habitude de se lier facilement avec des inconnus. De plus, l'incident lui paraissait mineur et, pour elle, il était clos. Aussi répliqua-t-elle d'un ton sec :

— J'ai déjà oublié.

— Pas moi. Après avoir déploré ma maladresse, je

m'en félicite à présent, car elle m'a permis de faire votre connaissance. Allons, un bon mouvement. Si vous refusez, c'est vous qui aurez des remords.

Indécise, elle ne savait quel parti prendre. Non, vraiment, ce petit fait ne justifiait pas une invitation. Elle n'était même pas tombée.

Avec autorité, il l'entraîna vers la sortie.

— Inutile de nous donner en spectacle. On va me prendre pour un délinquant.

— Je suis pressée, objecta-t-elle encore, plus faiblement.

— Tout le monde est pressé. C'est un mal des temps modernes. Mais il faut bien prendre le temps de vivre ! Venez.

Ce diable d'homme avait réponse à tout. Ils descendirent les marches du Palais de Justice. La pluie s'était mise à tomber. Il en prit prétexte pour assurer sa position.

— Le ciel est avec moi. Vous n'avez pas de parapluie, il faut vous abriter. Nous allons nous réfugier sous un toit accueillant en dégustant une boisson chaude pour nous remettre de nos émotions. Après, je vous reconduirai chez vous.

Ils pénétrèrent dans un café, face au Palais, où les clients discutaient avec animation.

Adroitement, il la pilota vers une petite table un peu à l'écart des autres, dans un angle.

— Que prenez-vous ?

— Un jus de fruits.

— Pour moi, un café. Très fort.

— Vous ne craignez pas l'insomnie ?

— Je possède un remarquable équilibre nerveux.

Après ce banal échange de mots, la gêne s'installa entre eux.

« Je suis folle d'avoir accepté, se reprochait Marine, mécontente d'elle-même. Ce garçon ne cherche qu'une

aventure et il a saisi le premier prétexte venu. Et
Hélène qui doit m'attendre... »

— Que faisiez-vous au Palais ? Vous êtes avocate ?
— Non.
— Alors, vous travaillez chez un avocat ?
— Même pas. Chez un notaire.
— Secrétaire ?
— Oui.

Elle répondait du bout des dents, tout en l'observant
à travers ses cils à demi baissés. Il y avait dans cet
homme une indéniable séduction, à peine corrigée par
des lueurs dures qui traversaient son regard. C'était
sans doute dû à la sombre couleur de ses prunelles.
Difficile de discerner les nuances des sentiments dans
ces noires profondeurs. Le léger sourire qui étirait sa
bouche au dessin ferme trahissait une ironie perma-
nente. Il portait un costume gris clair, une cravate bleue
sur une chemise rayée, un imperméable kaki. Ses mains
étaient longues et fines. Aucune alliance. Une femme
remarque instinctivement ce détail. Il devait avoir entre
trente et trente-cinq ans.

Marine but son jus d'ananas, jeta un coup d'œil à sa
montre.

— Maintenant, je dois rentrer.
— Puisque je vous raccompagne, vous gagnerez du
temps.
— Je ne dois pas m'attarder.
— On vous attend ?
— Oui, on m'attend !

Malgré elle, Marine avait répondu sur un ton de défi.

Son compagnon baissa la tête, comme pour dérober
l'expression de son visage. Aprement, il questionna :

— Qui ? Un fiancé ?
— Non, ma sœur. Mais j'ai aussi un fiancé.

Elle mettait Philippe entre eux, comme un bouclier.
Evoquer le jeune homme, en cet instant, la sécurisait.
Comme le lui répétait sans cesse Hélène, elle avait de la

chance. Son avenir était tout tracé. Il s'annonçait paisible et sans écueil. Philippe Duteil était un jeune ingénieur, rencontré quelques mois plus tôt au cours d'une réunion d'amis. Tout de suite, ils avaient sympathisé. Marine avait jugé le garçon : sérieux, délicat. Et Philippe l'adorait. Oui, il la rendrait heureuse. N'était-ce pas le but de toutes les femmes ?

Marine était jolie, d'une beauté sans éclat, à première vue, qu'on découvrait peu à peu, en la connaissant mieux. De beaux cheveux châtains aux reflets dorés encadraient un visage aux traits réguliers, éclairés de larges yeux bleu clair. Bien ourlée, la bouche s'ornait d'un rose léger. Le teint était celui d'une rousse, dont il possédait la finesse. Petit et droit, le nez s'ennuageait de légères taches de rousseur. Souvent, Hélène déplorait sa coiffure :

« Tu es stupide de te tirer les cheveux en arrière, comme les anciennes institutrices de pensionnat ! »

« Je travaille dans une étude, pas dans un music-hall, répliquait Marine.

Mal convaincue, sa sœur haussait les épaules.

« Et après ? A notre époque, les notaires sont modernes ! Je suis sûre que tes collègues viennent travailler en jean, avec des cheveux qui leur tombent jusqu'aux reins ! »

Marine avait éclaté de rire, en pensant à l'austère Mlle Marthe, qui régnait sur le personnel. Le prototype de « *la dame au chapeau vert* ».

« Mon employeur est resté du genre classique, avait-elle répondu, pour clore la discussion.

De taille moyenne, bien proportionnée, Marine s'habillait sobrement, au contraire d'Hélène, qui arborait les tenues les plus excentriques. Malgré ces divergences, les deux sœurs s'adoraient. Leur complémentarité les rapprochait et les faisait très bien s'entendre.

— A quoi pensez-vous ? Je devrais plutôt demander : à qui ?

Tirée de sa songerie, elle sursauta.

— A mon fiancé, justement !

Il joua négligemment avec la soucoupe d'olives mise à leur disposition.

— Il a de la chance.

Sans relever le propos, elle répéta avec insistance, en amorçant un départ :

— Hélène va s'inquiéter. Il faut absolument que je rentre.

— D'accord.

Il fit sonner quelques pièces sur le marbre de la table, lui reprit le bras. Au seuil de la porte, il inspecta le ciel d'un œil soucieux.

— Mauvais temps. Le plafond est bas. Heureusement, la météo annonce une amélioration. Dépêchons-nous, ma voiture est à cheval sur un passage clouté.

Marine ne put dissimuler son admiration devant la Jaguar métallisée, dernier modèle, dont il lui ouvrait la portière.

— Vous devez faire des performances, avec ce bolide.

— Bah ! La vitesse est partout limitée, même sur les autoroutes. Et l'on ne va jamais aussi vite en voiture qu'en avion. Montez, jeune fille. Où habitez-vous ?

Après tout, elle ne risquait rien à lui donner son adresse.

— Rue Spontini.

— Je mets le cap dessus.

Il conduisait avec une rare maîtrise, une fausse négligence, d'une seule main. Sans en avoir l'air, elle le lorgnait de biais. Un profil énergique. Un menton volontaire. Cet homme devait être doué d'une grande volonté. Sans savoir pourquoi, elle frissonna.

— Froid ?

Décidément, rien ne lui échappait.

— Non, ce doit être nerveux, avoua-t-elle spontanément.

— Quand je vous disais que mon impétueuse arrivée dans votre existence vous avait causé un choc !

Impossible de savoir s'il plaisantait ou parlait sérieusement. « Une arrivée dans son existence... » Qu'espérait-il ? Il était plus que probable qu'ils ne se reverraient jamais.

— Je n'habite pas loin de chez vous, commenta-t-il en doublant adroitement un camion. L'avenue Foch est voisine de votre rue. Heureuse coïncidence. J'y vois là un présage. Pas vous ?

— Je ne suis pas superstitieuse.

Cinq minutes plus tard, il ralentit, lui désigna un immeuble cossu, en pierre de taille, dont les fenêtres s'ornaient de sculptures.

— Mon appartement est au second étage. Celui qui a un balcon.

Tout de suite, il rectifia :

— Je n'y habite d'ailleurs qu'une partie de l'année. La plupart du temps, je vis en Sicile, loin des brumes parisiennes.

La Jaguar reprit son élan, ralentit de nouveau.

— Voilà. Vous êtes arrivée à bon port.

— Comment savez-vous que j'habite ici ? s'étonna-t-elle en fronçant les sourcils.

— C'est vous qui me l'avez dit !

— Je vous ai indiqué la rue, sans préciser le numéro.

Etait-ce l'effet de son imagination ? Il lui sembla que son compagnon accusait le coup. Un trouble passager. Bien vite, il se ressaisit.

— Je vous assure que si. Etes-vous sujette à ces pertes de mémoire ?

Après tout, c'était possible. Il n'avait pu deviner. Un oubli était la seule explication.

— Bonsoir, dit-elle en s'apprêtant à ouvrir la portière.

Une main emprisonna la sienne.

— Quand nous reverrons-nous ?

— Ce n'est pas nécessaire.

— Indispensable, au contraire !

Elle ne pouvait détacher ses yeux de ce visage cuivré où luisait un regard à la fois tendre et dominateur. C'est en vain qu'elle faisait appel à toute sa raison.

— Rien n'est indispensable ! protesta-t-elle sans conviction.

— Si ! affirma-t-il énergiquement. Quand deux êtres faits l'un pour l'autre se rencontrent, ce serait criminel de les séparer.

Elle ne put s'empêcher de sourire.

— Ne croyez-vous pas que vous allez un peu vite ?

— A quoi bon perdre du temps ? La vie est si courte.

Insensiblement, il tirait sur sa main et la forçait à reprendre place à son côté. La pluie avait redoublé de violence. Elle brouillait les vitres, giflait durement la carrosserie. Des rigoles se formaient aux jointures. Ils auraient pu se croire enfermés dans un aquarium. Cela créait une bizarre intimité.

— Je ne sais même pas votre nom, dit-il, sans la quitter du regard.

— Marine Lancelin.

— Frank Morgane.

Cela lui disait vaguement quelque chose. Morgane... Où l'avait-elle entendu, ou lu ?

— Peut-être connaissez-vous l'usine Morgane ? Les constructions aéronautiques ? Ce n'est pas une homonymie.

Il sourit. C'était curieux. Jamais le sourire ne parvenait à communiquer de la douceur au visage. Au contraire. Découvrant la denture, il en accentuait le caractère sauvage.

— Nous savons déjà beaucoup de choses l'un de l'autre. Les noms. Les métiers. Mais le mien est incomplet. L'usine a été fondée par mes grands-parents et fonctionne sans mon aide, grâce à l'activité d'excellents collaborateurs.

— Que faites-vous, alors ?

— Aviateur.

Son regard s'évada. Un instant, Marine eut l'impression qu'il avait oublié sa présence. Mais, très vite, il ramena son attention sur elle.

— Je dirige une compagnie d'avions-taxis, expliqua-t-il. Si vous le désirez, nous irons ensemble à Toussus. Etes-vous déjà montée en avion ?

— Bien sûr. Tous les ans, je fais un voyage organisé.

— Je ne parle pas d'un Boeing, mais d'un avion privé. Non ? Alors, je vous donnerai un vrai baptême de l'air. Vous verrez, c'est tout autre chose.

De sa main libre, il essuya rapidement la buée qui voilait le pare-brise.

— Quand je me rends en Sicile, je pilote moi-même. Il me faut à peine cinq heures. Nous irons ensemble.

Ensemble... Une guirlande de projets se déroulait dans l'imagination de la jeune fille. La magie des mots opérait, et cet homme avait un accent particulier pour les prononcer, qui semblait forcer le destin.

Marine se sentait transportée dans une autre existence. Une griserie inconnue la gagnait.

Mais, soudain, elle retomba dans la réalité. Le remords la prit, en songeant à Hélène qui devait s'inquiéter de ce retard inhabituel. Et Philippe ? Que penserait-il, s'il la voyait bavarder familièrement avec un inconnu ? Sa main étreignant la sienne ?

— Excusez-moi, mais je ne dois pas m'attarder davantage, dit-elle d'une voix altérée.

— Je comprends. Mais avant de nous séparer, prenons rendez-vous. Que diriez-vous de dîner avec moi, demain soir ?

— Je dirais non.

— Je vous attendrai à huit heures, en bas de chez vous, juste à cet endroit, continua-t-il, sans tenir compte du refus. D'accord ?

— Inutile d'insister, je ne viendrai pas.

— Si, Marine. Vous viendrez...

Elle se raidit quand il lui immobilisa la tête en passant un bras derrière sa nuque. Le regard de braise plongea dans le sien.

— Vous viendrez, répéta-t-il d'un ton vibrant, parce qu'il est impossible que notre rencontre n'ait pas de signification. Nous n'avons pas le droit de trahir le hasard.

D'un mouvement brusque, elle parvint à se libérer et courut sous la pluie jusqu'à la porte de son immeuble, sans se retourner. Son cœur battait à coups redoublés. Et le bref effort physique n'y était pour rien.

Elle trouva Hélène accroupie sur un coussin, en train de tresser ses mèches blondes et d'en garnir les pointes avec des perles de couleur. Une vague odeur de roussi flottait dans la pièce.

— Tu rentres bien tard, observa Hélène, sans que sa voix contienne le moindre reproche. Te serais-tu dévergondée, où est-ce la faute de l'averse?

— Ni l'un ni l'autre. J'ai dû me rendre au Palais pour y déposer un dossier.

— Tes scrupules te perdront! Tu prends ton travail trop à cœur. Si j'étais toi...

Marine huma ostensiblement les effluves de cuisine.

— Et moi, si j'étais toi, je ne laisserais pas brûler notre dîner!

Hélène bondit sur ses pieds et se précipita vers le rideau en plastique qui isolait la kitchenette du studio.

— Heureusement, j'arrive à temps! Et puis c'est ta faute, après tout! Tu n'avais qu'à arriver à l'heure!

Un éclat de rire ponctua ces paroles. Hélène prenait tout du bon côté.

— Remarque, des pommes de terre qui ont un petit goût de fumé, ce n'est pas mauvais. Quand elles cuisent sous la cendre, ça donne le même résultat et tout le monde apprécie.

Le couvert était mis devant la fenêtre. Le studio se

composait de deux chambres de services réunies, modernisées, au sixième étage d'un bel immeuble. Pour y accéder, il fallait emprunter l'escalier des fournisseurs.

— Quand tu seras mariée, remarqua Hélène avec satisfaction, tu auras un bel appartement et tu ne seras plus obligée de travailler.

— Ce sont tous les avantages que tu vois dans le mariage ? répliqua sa sœur en riant.

— Bah ! Cela compte, non ? Et Philippe a une belle situation. Tiens, à propos, il t'a envoyé des fleurs. Tes préférées. Regarde comme elles sont jolies.

Onze roses s'épanouissaient dans un vase à long col.

— Oui, très jolies, approuva distraitement Marine.

Hélène épluchait une pomme de terre avec de petits cris effarouchés.

— Ouille ! C'est chaud ! Je me brûle les doigts.

Puis, sans transition, regardant sa sœur bien en face :

— Je te trouve un drôle d'air, ce soir.

— Mais non, je t'assure…

— Un ennui au bureau ?

— Pourquoi veux-tu… Un peu de fatigue seulement.

Abandonnant sa pomme de terre, Hélène, d'un élan, se réfugia contre sa sœur.

— Ma grande, murmura-t-elle, je te demande pardon. Je me fais l'effet d'un chaton qu'on gâte et qui passe ses journées dans sa corbeille. C'est toi qui travailles, qui as toutes les peines.

Attendrie, Marine caressa cette tête légère, ornée d'une moitié de nattes.

— Je n'ai aucune peine, ma chérie. Et tu es si jeune…

— J'ai seize ans ! se rebiffa Hélène, en relevant un petit nez, identique à celui de sa sœur.

— En effet, c'est très vieux, sourit Marine. Tu as bien le temps, va. De toute façon, tu contribues largement aux soins du ménage. N'est-ce pas toi qui prépares les repas ?

— Oh ! avoua ingénument Hélène, je n'ai pas grand mal, les menus ne sont guère variés, et puis je laisse tout brûler, la plupart du temps.

— Pas toujours. Allons, assez d'attendrissement. Regagne ta place et mange.

Une tendre affection unissait les deux sœurs et leurs bavardages étaient d'habitude empreints de confiance et de gaieté. Ce soir, l'ambiance se révélait différente.

« Je devrais lui raconter l'incident du Palais », se reprochait Marine, sans parvenir à se décider.

Elle usa d'un biais.

— As-tu entendu parler de l'usine Morgane ?

— Vaguement. Les avions, je crois. Pourquoi cette question ?

— Pour rien.

Marine se replongea dans ses pensées.

— Décidément, tu n'es pas dans ton assiette, dit Hélène, avac l'air grave d'un médecin devant un cas épineux.

— Combien de fois faudra-t-il te répéter que je n'ai rien de particulier ?

— Très bien, je n'insiste pas. Oh ! J'allais oublier ! Il y a un petit mot pour toi, joint au bouquet.

— Eh bien, donne-le-moi. Quelle étourdie tu fais !

Dans sa lettre, Philippe lui faisait part de sa tendresse et lui demandait de venir dîner avec lui le lendemain. Il avait une écriture régulière qui lui ressemblait. Tout, chez lui, était net et rassurant. Une tenue soignée. Un sourire cordial. Un regard marron-vert, qui reflétait sans ambiguïté ses sentiments. Le compagnon idéal...

L'aimait-elle ? Bien souvent, elle s'était posée la question, sans comprendre que cette interrogation comportait déjà un doute sérieux. Simplement, avec Philippe, elle se sentait bien, détendue. Sans problèmes.

Etait-ce cela, l'amour, ce climat paisible, sans
heurts ? Ils faisaient de sages projets d'avenir.

Des projets... Un visage brun s'imposa à son esprit,
effaçant l'image de Philippe. « Je vous donnerai votre
vrai baptême de l'air... nous irons en Sicile... »

Elle sentit le regard d'Hélène peser sur elle. Levant
le sien, elle vit le visage menu, qui avait perdu son
insouciance coutumière.

Mais Hélène ne posa pas d'autres questions. Quittant
la table, elle alla rectifier l'ordonnance des roses.

CHAPITRE II

IL était cinq heures et demie quand Marine quitta l'étude de maître Martinot, sommée d'un écusson doré. Toute la journée, elle avait été préoccupée. Ce soir, Philippe l'avait invitée et elle devait lui confirmer son accord par téléphone. Il n'était donc pas question de sortir avec Franck. Mais comment le prévenir ? D'autre part, un garçon aussi entêté que lui n'allait sûrement pas se contenter d'un simple refus, au dernier moment. Il insisterait, s'incrusterait, se montrerait pressant... et convaincant, peut-être ? C'est ce que Marine craignait le plus. Non. Il fallait résister à la tentation, rester ferme sur ses positions.

Le mieux était de mettre tout de suite un obstacle entre eux. Elle pénétra dans une cabine téléphonique et composa le numéro de Philippe. Elle n'avait pas voulu le faire à l'étude, les communications personnelles n'étant pas vues d'un très bon œil par Mlle Marthe.

— Allô ! C'est vous, Philippe ? Très bien et vous ? Je voulais vous remercier pour vos fleurs, elles sont superbes.

Un instant, elle écouta la voix masculine proférer les compliments et les gentillesses habituelles, se reprocha de les trouver fades.

— Ce soir, Philippe, je suis navrée, mais j'ai promis à une amie...

C'était la première fois qu'elle lui mentait. Que lui prenait-il ? Avait-elle perdu la raison ? Une force plus puissante que sa volonté l'y avait poussée. En quelque sorte, ce n'était pas elle qui répondait, mais une autre, une Marine inconnue, un peu folle, qui s'était substituée à la Marine trop sage de toujours.

— C'est entendu, Philippe, ce sera pour une prochaine fois. Oui, moi aussi, je vous embrasse.

Elle raccrocha, très rouge, mécontente d'elle-même. Pour se punir, elle n'accepterait pas davantage l'invitation de Frank, mais passerait une calme petite soirée en compagnie d'Hélène, à écouter un concert annoncé à la radio.

Le temps se montrait plus clément. Marine fit le trajet quotidien en pensant que, décidément, on se connaît bien mal soi-même et qu'il existe plusieurs faces en un seul être.

Hélène avait acheté une pizza et des chips chez le commerçant le plus proche.

— Ne m'en veux pas, mais je n'avais pas envie de cuisiner.

— Aucune importance, ma chérie, je n'ai pas très faim.

Hélène fronça ses fins sourcils blonds, qu'elle épilait par en dessous, pour ressembler à une actrice en vogue.

— Au fait, tu ne sortais pas avec Philippe, ce soir ?

— Non, il s'est décommandé au dernier moment.

Un mensonge en entraîne un autre. Contrariée, Marine avait répondu trop précipitamment.

— Ah ! Ah ! fit malicieusement Hélène, loin de se douter de l'injustice de son innocente plaisanterie, te ferait-il des infidélités ?

— Tu dis des sottises !

Marine se réfugia dans un silence boudeur. Elle ne cessait de consulter la pendulette. Vers huit heures, n'y tenant plus, elle se décida, se donnant une mauvaise raison.

— Tu sors? s'étonna Hélène, en la voyant mettre son manteau.

— Je n'en ai pas pour longtemps, juste l'aller et retour.

Elle dévala les six étages, bien décidée à éconduire l'importun.

« D'ailleurs, il ne viendra peut-être pas. C'est le genre de garçon qui doit promettre n'importe quoi à n'importe qui. Je parie qu'il n'est pas là... »

Tout de suite, elle reconnut la Jaguar, rangée le long du trottoir. La portière s'ouvrit.

— Montez.

Il ne marquait aucune surprise, comme s'il n'avait jamais envisagé une dérobade.

— Je suis seulement venue vous dire...

— Vous me le direz bien mieux, confortablement installée sur la banquette.

Machinalement, elle obéit, se glissa sur le siège moelleux qui sentait bon le cuir fin.

Sans préambule, il attaqua :

— Depuis hier, je ne pense qu'à vous.

Un début embarrassant, qui ne lui facilitait pas la tâche.

— Ecoutez, je voulais vous prévenir...

Mais il lui coupa la parole.

— Je ne veux rien entendre. Vous êtes là, cela me suffit. Où voulez-vous aller?

— Nulle part, justement je...

Sans paraître l'entendre, il avait démarré et elle s'affola.

— J'ai dit à Hélène que je n'en avais que pour un instant, elle va s'inquiéter!

— Décidément, elle vit dans une perpétuelle angoisse! C'est une habitude, chez vous, de martyriser votre jeune sœur?

— Mais enfin, tout est de votre faute! Hier, c'est

vous qui m'avez mise en retard, et aujourd'hui, je ne veux pas sortir avec vous !

— Pourquoi être venue, dans ce cas ?

— Par politesse ! Je n'ai pas voulu vous faire attendre en vain.

— Un sentiment qui vous honore, mais je n'accepte pas votre refus.

— Je dois dîner avec Hélène.

— Téléphonez-lui que vous avez changé d'avis.

— Nous n'avons pas le téléphone.

— Je présume qu'une voisine, munie de cet indispensable objet des temps modernes fera la commission.

Décidément, ce diable de garçon avait réponse à tout. Elle rageait, parce qu'en effet, c'est ce qui se passait d'ordinaire, quand elle était retenue au bureau ou quand Philippe venait la chercher à l'improviste, à la sortie de son travail.

— Arrêtez, je veux descendre !

— Pas question. Je vous enlève. Et Dieu sait quand je vous rendrai la liberté !

Le sourire railleur démentait les paroles.

— Je peux très bien ouvrir la portière et descendre en marche, le défia-t-elle.

— Et vous casser une jambe ! Vous seriez bien avancée. Je vois la scène d'ici : police-secours, ambulance, hôpital. A la place, je vous propose un programme beaucoup plus attrayant : dîner fin, conversation intelligente...

Elle aurait voulu aiguiser sa colère, mais elle faiblissait.

— Je ne suis pas habillée pour sortir, dit-elle piteusement, avouant ainsi sa défaite.

— Quoi que vous portiez, vous serez toujours ravissante. Ce sont vos yeux, surtout, qui m'ont attiré. Ils sont d'un bleu si pur, comme le ciel au-dessus des nuages.

A nouveau, le charme opérait. Marine comprit que le

destin lui avait joué un tour pendable en lui faisant rencontrer cet homme. Pour la première fois de sa jeune existence, elle ne pouvait plus contrôler sa volonté. Un désir l'assaillait : se laisser porter par l'aventure, quitter les limites raisonnables d'une vie jusqu'ici sans histoire.

— Téléphonez donc, dit-il, en désignant un appareil encastré dans le tableau de bord, que la jeune fille n'avait pas remarqué.

Elle parlementa quelques instants avec la complaisante voisine et raccrocha, un peu intimidée. C'était la première fois qu'elle téléphonait d'une voiture.

— Où allons-nous ? questionna-t-elle, résignée.

— Puisque vous n'avez pas d'idée préconçue, c'est moi qui prends l'initiative des opérations. Que diriez-vous de...

Il prononça le nom d'un restaurant réputé et Marine esquissa un geste de protestation.

— Non, je vous répète que mon intention n'était pas de sortir et je ne porte qu'une simple robe de lainage.

— On ne s'habille plus nulle part aujourd'hui ! Mais peut-être faut-il rectifier certains détails.

Il stoppa la voiture. Puis, tourné vers sa passagère, il l'examina d'un œil critique. Se décidant, il avança la main et ses doigts agiles retirèrent les épingles qui retenaient la chevelure massée derrière la nuque en un épais rouleau. Une cascade dorée enveloppa les épaules. De l'index, il sépara quelques mèches pour former une frange et, l'air satisfait, il abaissa la glace de courtoisie.

— Regardez-vous. Cette coiffure n'est-elle pas mille fois plus seyante ?

Dans l'étroit miroir, Marine reconnaissait son image de nuit, intime et secrète, et elle rougit comme si on l'avait dénudée.

— C'est différent, murmura-t-elle, d'une voix troublée.

— Tout le monde peut être différent. Nous possé-
dons de multiples facettes. En principe, on s'efforce de
montrer les plus chatoyantes. Vous faisiez le contraire.
N'êtes-vous pas coquette ?

Il avait conservé ses mains sur sa chevelure et elle
sentait la chaleur irradiante de ses paumes.

— Si, naturellement, comme toutes les femmes.

— Mais vous n'êtes pas comme les autres, Marine...

Sur ses lèvres, le prénom prenait une douceur
ineffable.

— Promettez-moi que désormais vous adopterez
cette coiffure.

— Au bureau, je ne peux pas.

— Je voulais dire : quand nous serons ensemble.

A quoi bon le contredire ? Il y a des tourbillons
auxquels on ne peut résister.

« Ce soir, pensa Marine, les joues chaudes et le cœur
déréglé, je m'offre un rêve. Demain, je me réveil-
lerai... »

L'établissement choisi était d'un luxe raffiné. Des
meubles de style, un éclairage tamisé, le scintillement
des cristaux et de l'argenterie sur les nappes de
dentelle. Par instants, le toit s'ouvrait pour rafraîchir
l'atmosphère et chasser les fumées. Impeccable dans
son habit, un maître d'hôtel s'empressa. Frank Morgane semblait être un familier. On l'entourait de
respectueux égards. Il commanda un menu soigné, en
consultant sa compagne qui se hâtait d'approuver,
l'esprit ailleurs. Plateau de fruits de mer, homard grillé,
filets de canard au poivre vert...

— Pour le dessert, nous verrons. Avez-vous un
préjugé contre le champagne ? Non ? Alors du brut
millésimé, bien frappé...

La lueur rose des petites lampes disposées sur les
tables fardait discrètement les visages féminins. Insensiblement, Marine se laissait gagner par le bien-être. Le
champagne glacé contribuait à cette griserie.

Parfois, elle surprenait une étrange expression au fond des yeux sombres de son compagnon. C'était fugitif, comme un nuage traversant un ciel serein, mais lui inspirait une vague inquiétude, comme à l'approche d'un danger. Inquiétude vite dissipée par de tendres paroles, un sourire charmeur.

Au second plat, il lui prit la main, la porta discrètement à ses lèvres. La jeune fille eut l'impression qu'il lui appliquait un sceau brûlant sur la chair. Un long frisson parcourut son bras, se communiquant à tout son corps. Cette chaste caresse l'embrasait. En vain faisait-elle appel à sa raison.

« Si Philippe me voyait ! Je me conduis comme une écervelée. »

Tout aussitôt, elle rectifiait :

« Après tout, je ne fais rien de mal. Ne peut-on avoir un camarade ? »

Un camarade ? Les attentions dont elle était l'objet, les regards ardents dont Frank Morgane l'enveloppait infirmaient cette appellation.

Brusquement, il lui demanda :

— Croyez-vous au coup de foudre ?

— Non, murmura-t-elle.

— Jusqu'à présent, je n'y croyais pas non plus.

Il se rapprocha d'elle. Son haleine effleura sa joue.

— Oui, Marine, j'y crois depuis notre rencontre. J'ai l'impression que mon destin a bifurqué. Que vous m'étiez destinée depuis le commencement du monde.

— A combien de femmes avez-vous dit ces mensonges ?

Il se rembrunit passagèrement.

— C'est à vous que je le dis ce soir.

Elle se raidissait contre l'émotion.

— Pour s'aimer, il faut d'abord bien se connaître, s'apprécier, s'habituer l'un à l'autre.

— Erreur ! Mais nous discutons dans le vide. Il existe plusieurs chemins pour atteindre le même but.

Il recula son visage. Des étincelles dansaient dans ses yeux.

— Aimez-vous votre fiancé ?

La question brutale la désarçonna.

— Naturellement ! riposta-t-elle avec un ton dont elle se reprocha la tiédeur.

— Ce n'est pas une réponse. Si vous l'aimiez, d'ailleurs, seriez-vous ici ?

— On peut accepter une invitation courtoise sans mauvaises intentions.

— Je ne qualifierais pas le fait d'être à mon côté de mauvaise intention. Mais laissons là ces subtilités de langage. Osez me dire en face que vous éprouvez pour ce... comment s'appelle-t-il, déjà ?

— Philippe.

Pourquoi le simple énoncé de ce prénom avait-il produit un tel effet sur Frank ? Il cilla, donnant l'impression d'un homme qui vient de recevoir un coup. Les muscles de ses mâchoires s'étaient violemment contractés.

— ... pour ce Philippe, continua-t-il d'une voix altérée, une passion dévorante ?

— Je suis certaine qu'il me rendra heureuse !

— Ce n'est pas suffisant ! Frissonnez-vous quand il vous embrasse ? Tremblez-vous quand il est en retard ? Doutez-vous de lui quand il vous paraît lointain ? Etes-vous jalouse du rêve qui passe dans son regard ?

— Vous me brossez-là un tableau bien sombre. Si c'est cela, l'amour, je préfère m'en préserver.

Il lui saisit le poignet, le serra à l'en faire crier. Ils étaient environnés de gens, et pourtant Marine comprit qu'on n'est jamais si seul qu'au cœur d'une foule. Frank en profitait. Le moyen de hausser le ton quand on risque d'attirer sur soi l'attention des autres ?

— Oui, Marine, c'est cela, l'amour, et pire encore. Ce n'est pas un sentiment reposant, mais une tornade qui ne laisse aucun repos. Mais c'est aussi vivre

intensément. Que préférez-vous ? Une existence pré-
servée au fond d'un coquillage, comme un bernard-
l'ermite, ou le vol d'un éphémère, qui aime et meurt
tout de suite après ?

Sans répondre, elle tenta de dégager son poignet,
mais il le tenait serré.

— Je vous citerai une phrase de Giraudoux, que je
trouve admirable : « Depuis que je t'aime, ma solitude
commence à deux pas de toi. » Oui, l'amour est
exigeant ! C'est le besoin fou d'une présence, la déchirure de l'absence.

— Taisez-vous. Vous m'effrayez.

Le maître d'hôtel vint fort à propos rompre la
tension.

— Dégustez ces filets de canard, c'est une des
spécialités de la maison...

Subitement, l'émotion s'était envolée. Frank Morgane souriait, plaisantait, comme si aucun sujet sérieux
n'avait été abordé. Marine en était à la fois déçue et
soulagée. Le dîner s'acheva sans autre éclat.

Dans l'ascenseur parfumé, douillet comme un bou-
doir Louis XV, elle dut s'appuyer au bras de son
compagnon, car la tête lui tournait un peu. Elle avait
trop bu de champagne.

« Demain, je vais m'endormir sur mes dossiers. »

— Il n'est pas trop tard, constata Frank. Voulez-
vous danser ? Je connais une discothèque...

— Non, je préfère rentrer.

— Ce sera donc pour une autre fois.

Toujours ces allusions au futur...

« S'il me reste un gramme de raison, je ne dois plus le
revoir... »

Contrairement à son habitude, Frank conduisait
lentement. Engourdie par une insidieuse torpeur, elle
avait fermé les yeux. Que lui arrivait-il ? Etait-ce ce
fameux coup de foudre évoqué par Frank, tout à
l'heure ? Un garçon qu'elle connaissait à peine... Et

puis n'était-elle pas la fiancée de Philippe ? Frank l'avait éblouie par de belles paroles, il était séduisant, habile, avec cette inimitable aisance que donne la fortune. Mais pouvait-elle aimer aussi vite ? Ses idées s'embrouillaient. Elle pensait à l'éphémère, cet insecte aux ailes transparentes qui ne vit qu'un soir d'été. Une nuit pour aimer...

Plongée dans sa rêverie, elle avait perdu la notion du temps. Soudain, la voiture s'arrêta.

— Mais nous ne sommes pas rue Spontini, s'étonna-t-elle.

— Non. J'ai pensé qu'après ce dîner, un petit tour au bois ne serait pas superflu.

Méfiante, toute lucidité revenue, elle tenta, à la lueur du plafonnier, de déchiffrer ses intentions sur son visage. Bien sûr, il employait la classique méthode de séduction. Le champagne pour étourdir, puis la promenade au bois, sous prétexte de prendre l'air.

En jeune fille moderne, Marine n'avait rien d'une oie blanche. Elle saurait se défendre.

— Reconduisez-moi, dit-elle d'un ton sec. Hélène...

— ... doit s'inquiéter, je sais. Un refrain que je commence à connaître par cœur. Ne pouvez-vous penser un peu à vous ? A nous, plus exactement ?

Résolument, elle lui fit face.

— Ecoutez, Frank...

— C'est gentil de m'appeler par mon prénom, souligna-t-il, avec un air désarmant de candeur.

— J'ai passé une excellente soirée en votre compagnie, mais à présent il me faut être raisonnable.

— Quel vilain mot.

— Demain, je travaille.

— Moi aussi.

— Et je me lève de bonne heure, continua-t-elle sur sa lancée, sans tenir compte des interruptions. Dans ces conditions, je dois absolument rentrer. Nous resterons bons amis.

— Je l'espère bien.

L'avait-il écoutée ? Elle en doutait, devant son air méditatif.

— Marine, dit-il tout à coup, cessez de vous mentir à vous-même. Dans la vie, il faut toujours regarder la vérité en face. Vous suis-je indifférent ?

A nouveau démontée, elle essayait de se reprendre. Quand il braquait sur elle la sombre flamme de son regard, elle sentait fondre sa résistance.

D'un geste décidé, il l'attira contre lui. L'instant attendu et redouté était venu. A tout prix, ne pas céder à l'attraction qu'il exerçait sur elle.

— Je ne suis pas libre et vous le savez !

— Si, Marine, vous êtes libre. Le hasard a permis notre rencontre pour vous éviter de commettre une erreur. N'engagez pas votre vie par raison. Car vous n'aimez pas Philippe ! Je le sais ! Je le sens. Osez me soutenir le contraire !

— Mais il m'aime tant, lui !

La phrase avait jailli sans qu'elle puisse la retenir, en analyser les conséquences.

— Certainement, il vous aime !

Les yeux de Frank luisaient d'un éclat sauvage.

— Mais ce n'est pas suffisant. Et votre réponse est un aveu. Non, Marine, vous ne l'aimez pas, pas de cet amour dont je vous parlais tout à l'heure.

Il passa un bras autour de ses épaules et pencha son visage vers le sien. Elle ne voyait plus que ces prunelles d'encre qui l'hypnotisaient. Ses lèvres frémirent quand il y appuya son baiser. Elle tenta de rester passive, mais il forçait sa bouche et, peu à peu, elle répondait à l'étreinte. La glace et le feu se partageaient son corps. Entre ces bras virils, pressée sur ce torse dur, elle éprouvait une volupté inconnue, mêlée à un bizarre sentiment d'insécurité. C'était un peu comme si elle avait côtoyé un précipice. L'irrésistible appel du vide. Un vertige à la fois terrible et délicieux.

Expertes, les mains de Frank caressaient la jeune poitrine, jouaient avec la chevelure mordorée, à la façon d'un magicien qui utilise toutes les ressources de son art.

Quand il la lâcha, haletante, éperdue, il ressemblait à un conquérant impitoyable. Dans la pénombre, ses dents brillaient sur un sourire de vainqueur.

— Marine, je vous aime...

Combien de fois Philippe lui avait-il murmuré cette petite phrase ? Chaque fois, elle l'écoutait, un peu émue, mais le cœur tranquille. Ce cœur qui n'enregistrait pas une pulsation supplémentaire. C'était un refrain familier, qui comportait une certaine douceur, sans plus. Ce soir, un flot tumultueux l'envahissait, comme si on lui avait fait boire un philtre.

— Oh ! Frank...

Elle posa son front entre ses mains et se mit à pleurer.

— Pourquoi ce chagrin ?

Entre deux sanglots elle hoqueta.

— Que vais-je dire à Philippe ?

— La vérité.

— Mais il va souffrir...

Un silence. Enfin, la voix de Frank martela, avec une singulière intonation :

— Certainement, il souffrira.

Choquée, elle releva son visage rougi.

— On dirait que cette perspective vous réjouit !

— Pas du tout, ma chérie. Mais je suis un réaliste, dans mon genre. Réfléchissez : mieux vaut une victime, plutôt que deux. Il y a des cas où le sacrifice est une trahison envers soi-même.

Il prit son mouchoir pour lui tamponner les yeux.

— Soyez logique. Serait-ce honnête, à présent, d'épouser ce garçon sans amour ? Quelle serait votre existence à vous deux, dans ces conditions ? Je ne parle pas de la mienne...

Un pli barra son front.

— Mais je vous accorde qu'il ne faut pas agir avec brutalité. Gardons provisoirement notre secret. Vous lui direz la vérité plus tard.

— Je ne veux pas continuer à lui mentir. Ce serait lâche.

— Qui vous parle de mentir ? Préparez-le peu à peu. Une femme sait d'instinct ces choses-là. Evitez les sorties, inventez des prétextes dont, d'ailleurs, il ne sera pas dupe. Soyez plus distante. Enfin, faites-lui comprendre, par votre attitude, que vous vous détachez de lui, mais sans parler de moi. Pour l'instant, il doit tout ignorer.

— Il se doutera fatalement de la vérité. A quelle autre cause attribuer mon changement ?

— Oui, il sera jaloux. Mais il ne sera pas le seul à connaître cette torture.

Les traits de Frank Morgane s'étaient durcis.

— Il en guérira. Tout finit toujours par s'oublier.

Il la reprit contre lui, la contempla longuement.

— Chacun d'entre nous est capable du meilleur comme du pire, dit-il, avec l'air de celui qui fait une importante découverte. Souvenez-vous-en, Marine.

Et il l'enlaça de nouveau, et ses lèvres étouffèrent les dernières protestations.

CHAPITRE III

Marine passa une nuit agitée. Elle éprouvait du remords vis-à-vis de Philippe. Mais Frank n'avait-il pas raison ? Elle ne pouvait engager sa vie sans amour. D'autre part, le lien qui l'attachait à Frank était-il solide ? Quand elle évoquait leur baiser, elle frissonnait jusqu'aux lèvres.

— Tu ne dors pas ? chuchota Hélène, qui occupait l'alcôve.

— Je te demande pardon si je t'ai réveillée.

— Puisque c'est fait, raconte-moi ta soirée.

— Il n'y a rien à raconter. Rendors-toi.

— Tu es une drôle de cachottière, reprocha Hélène d'un ton moqueur.

— Pourquoi dis-tu ça ?

— Parce que je me suis penchée par la fenêtre, après ton départ. Tu m'avais caché que Philippe avait acheté une si belle voiture.

Dans l'ombre, Marine s'empourpra. La veille, elle n'avait donné aucune explication à Hélène et celle-ci n'était pas dupe.

— Je n'étais pas avec Philippe.

— Je m'en doutais, figure-toi. Avec qui, alors ?

— Avec un garçon que j'ai rencontré au Palais.

— Pourquoi ne pas me l'avoir dit ?

Marine fut sur le point de se confier, mais Hélène

était bien jeune pour comprendre son problème. De
plus, elle connaissait d'avance son opinion. Pour sa
sœur, Philippe était le mari idéal. Entamer une discussion sur ce sujet l'irritait par avance.

— Je t'en parlerai plus tard. Pour l'instant, je te
demande la plus grande discrétion vis-à-vis de Philippe.

— Me prends-tu pour une moucharde ? se rebiffa
Hélène. Fais des sottises, cela te regarde ! Bonsoir !

C'était la première fois que les deux sœurs se
disputaient. Une simple escarmouche. Pourtant,
Marine prévoyait des difficultés supplémentaires de ce
côté.

« Pourquoi, en amour, faut-il toujours que quelqu'un
souffre ? » pensa-t-elle, en fermant les yeux.

La nuit engendre des phantasmes. Le jour remet les
idées en place et les événements se jugent à leur juste
valeur. Une soirée grisante, des propos enflammés...

Au bureau, Marine restait distraite, à tel point que
Mlle Marthe lui en fit aigrement la remarque.

— Je vous signale que vous avez placé une lettre
destinée à un client dans une autre chemise.

La voix pointue de Mlle Marthe recelait une intense
satisfaction.

« A demain », avait dit Frank, sans autre précision.
Viendrait-il ce soir ? Dans ce cas, que dire à Philippe ?
Sa nature droite refusait le compromis. Elle ne savait
plus que souhaiter. La matinée lui parut interminable.

Midi arriva et c'est avec soulagement qu'elle quitta
l'étude. A peine avait-elle fait quelques pas qu'un bras
s'empara du sien.

— Avez-vous fait de beaux rêves ?

— Vous ! s'exclama-t-elle en reconnaissant Frank.

— Est-ce un reproche ?

— Non, mais rien n'était convenu.

— J'adore faire des surprises. Contrariée ?

Avec autorité, il enchaîna :

— Allons déjeuner.

Peu à peu, elle revenait de sa surprise. Un détail l'alertait.

— Comment savez-vous que je travaillais ici ?

— Vous avez mentionné Me Martinot. Nul besoin d'être Sherlock Holmes pour trouver l'adresse de l'étude.

Avait-elle réellement parlé du notaire ? Un doute lui venait. Elle rapprochait ce petit fait d'un autre, similaire : quand Frank avait arrêté sa voiture devant le numéro exact de la rue Spontini. Elle avait dû bavarder inconsidérément. C'était la seule explication.

— Je n'ai qu'une heure pour déjeuner. D'habitude, je me contente d'un sandwich.

— Aujourd'hui, vous ferez exception à la règle. Je vous emmène à Toussus.

Ils étaient montés dans la Jaguar.

— Ne vous ai-je pas promis un baptême de l'air ? Il fait un temps idéal pour voler.

— Mais je dois être rentrée dans une heure !

— Vous n'irez pas à l'étude cet après-midi.

— C'est impossible. Nous avons un travail fou en ce moment.

— Savez-vous que les cimetières sont remplis de gens qui se croyaient indispensables ? Leur disparition n'empêche pas la terre de tourner.

Elle ne put retenir un sourire.

— Merci pour la comparaison. Je ne me crois pas indispensable, mais je ne tiens pas à perdre mon emploi.

— Vous n'aurez bientôt plus besoin de travailler.

Elle préféra ne pas relever l'ambiguïté du propos.

La voiture avait atteint le boulevard périphérique. Elle sortit par la porte de Saint-Cloud, traversa Boulogne en flèche, puis emprunta la voie express. Les arbres du bois de Meudon commençaient à s'orner de fragiles bourgeons. Après avoir longé la base de Villacoublay, elle s'engagea dans un étroit chemin bordé d'une forêt dense. Un aqueduc se profila. Le trajet avait à peine duré une demi-heure.

— Vous n'avez pas respecté les limitations de vitesse, reprocha la jeune fille.

— Bah ! Les consignes sont faites pour être violées.

Il gara sa voiture devant un hangar au fronton duquel se lisait son nom.

— Descendez, que je vous fasse les honneurs de mon domaine.

Il la précéda dans un petit bureau surchauffé, aux meubles fonctionnels. Une jeune femme rousse, mince et élégante, classait des papiers.

— Bonjour, Evelyne. Rien de particulier ?

— Comme d'habitude, monsieur Morgane. Un industriel a commandé un taxi, demain, pour aller à Cannes.

— Combien de passagers ?

— Quatre.

— Un Cessna 310 suffira. Rien d'autre à signaler ?

— Pour la semaine prochaine, un séminaire. Huit personnes.

— Le Piper-Navajo.

— Très bien, monsieur Morgane. Le mécanicien fera la révision.

Un homme entra. Il avait environ une cinquantaine d'années, des cheveux poivre et sel, une aimable corpulence.

— Mon associé, présenta Frank. Mlle Lancelin...

Les deux hommes se serrèrent la main. Le nouveau venu était sympathique, l'air intelligent et paraissait doué d'un grand calme.

— Vercel, après le déjeuner, je prendrai le Piper-Aztèque. Est-il prêt ?

— A ta disposition. Je vais faire le plein.

— Alors, à tout à l'heure. Pas de problème ?

— La routine. Je m'occupe de tout. La partie administrative me regarde, tu le sais bien.

Sous le sourire amical, on pouvait déceler une affectueuse ironie.

— Je sais. Avec toi, je suis tranquille. Venez, Marine.

Frank Morgane humait à pleins poumons, l'air humide et frais. D'un geste large, il engloba la piste de ciment bordée d'une zone herbeuse, l'étendue plate où les hangars au toit de verre se côtoyaient. Chacun portait le nom de sa compagnie.

— Il n'y a que deux endroits au monde où je me sente bien dans ma peau : ici, sur le terrain, et là-bas, en Sicile, à Taormina.

Il abaissa les yeux sur sa compagne.

— Depuis que je vous connais, il en existe un troisième : là où vous êtes, Marine.

Les doigts nerveux se refermèrent sur le bras de la jeune fille.

— Allons déjeuner. Mais je vous préviens. Aucune comparaison entre le restaurant d'hier et celui-ci. Vous ne m'en voudrez pas ?

— D'autant moins que je n'ai pas envie de devenir obèse ! Hier, j'ai abusé de la bonne chère et j'ai très mal dormi.

— Le repas était-il l'unique cause de votre insomnie ?

Elle rougit sans répondre.

— A plus tard, les choses sérieuses ! dit-il avec enjouement. Venez.

Venez... Un ordre qui revenait bien souvent sur ses lèvres. Où ne la conduirait-il pas ?

« La Grande Volière » était surtout fréquentée par des aviateurs. La salle était vaste, avec un long comptoir face à l'entrée, où s'accoudaient des hommes en uniforme bleu foncé. L'un d'eux portait sur sa casquette le sigle de la maison Morgane. Frank et lui échangèrent quelques mots, puis Frank se dirigea vers

une table située près d'une large baie vitrée, d'où l'on
apercevait la piste.

— L'endroit vous plaît ?

— Beaucoup. Mais il m'intimide un peu, parce que
j'y suis la seule femme.

— Détrompez-vous. Beaucoup de pilotes y amènent
leurs épouses et il y a aussi quelques aviatrices.

— Vous oubliez les secrétaires. La vôtre est une très
jolie fille.

— Vous l'avez remarqué ? Très jolie, en effet.

— Elle ne doit pas manquer de soupirants, appuya
Marine, les yeux baissés sur son assiette.

Tout à l'heure, elle avait cru remarquer des signes de
connivence entre Frank et cette femme. Se trompait-
elle ?

— Non, elle n'en manque pas, mais je ne fais pas
partie de ses admirateurs, si c'est ce que vous insinuez.

Cette fois, elle s'empourpra jusqu'à la racine de ses
cheveux.

Une main emprisonna la sienne. Une fois encore, ce
geste tendre la fit frémir. Il symbolisait la possession.

— La jalousie est inséparable de l'amour, Marine.
Et puisque nous sommes sur ce sujet, laissez-moi vous
faire une confidence.

Ses traits se durcirent. Une lointaine souffrance passa
dans ses yeux.

— J'ai aimé une femme...

Il y avait autre chose, dans son attitude, que la
mélancolie du souvenir. Une espèce de rage douloureuse, qui lui conférait un masque farouche, à la limite
de la cruauté.

— Qu'est-elle devenue ?

— Elle est morte, tuée sur le coup dans un accident
d'automobile.

Tout à coup, Marine éprouva une sensation de
solitude. Frank n'était plus là, sa pensée voguait

ailleurs, auprès de celle qu'il avait aimée. Sans doute ne pouvait-il pas l'oublier.

— Moi aussi j'ai connu la jalousie, continua-t-il, le regard absent et la voix âpre. Un mal intolérable ! Elle me trompait ! Mais ce n'est pas elle la plus coupable. C'est l'autre ! Celui-là, je le hais !

C'était dit avec une telle violence que la jeune fille en fut effrayée. Elle s'apercevait que son compagnon possédait deux visages : celui, charmeur, qui s'était penché sur elle à l'instant du baiser, et celui qui lui donnait l'air d'un implacable justicier.

— Je voudrais lui rendre le mal qu'il m'a fait, continua Frank sur sa lancée. Œil pour œil, dent pour dent ! C'est une trahison que je ne pardonnerai jamais ! Je ferais n'importe quoi pour le punir !

Il devait être dangereux d'encourir la rancune d'un tel homme.

— Brr ! Mieux vaut faire partie de vos amis que de vos ennemis, constata-t-elle, s'efforçant de prendre un ton badin pour minimiser cette brutale profession de foi.

— C'est préférable, en effet.

Il avait parlé d'un ton sec. Au fond de ses prunelles de jais, elle découvrirait des lueurs mauvaises.

— La rancune est un mal qui ronge l'âme, murmura-t-elle machinalement. Il faut toujours pardonner.

Il l'enveloppa d'un regard étrange.

— Un jour peut-être, je vous rappellerai ces paroles.

Puis, affichant une brusque désinvolture, il fit signe au garçon, étudia brièvement le menu, tendit la carte à sa compagne.

— C'est assez restreint comme choix. Mais il faut rester sobre si l'on est sujet au mal de l'air. L'êtes-vous ?

— Pas du tout. J'ai également le pied marin.

— Alors, nous ferons une croisière.

Chassant le bref malaise causé par la violence de tout à l'heure, elle parvint à se mettre à l'unisson.

— J'aime le ciel et la mer.

— Cigarette ?

Ils avaient terminé par un café et, sous les sourires de commande, ils s'étudiaient réciproquement.

« Suis-je vraiment tombée amoureuse de cet homme ? » s'interrogeait anxieusement Marine. Qu'avait donc dit Frank, à propos de l'amour ? L'impérieux besoin d'une présence. La déchirure de l'absence. C'était exactement ce qu'elle ressentait. Sa pensée ne pouvait se détacher de lui. Aujourd'hui, il portait un blouson de cuir sur un pull au ras du cou, un pantalon de velours côtelé, et il n'était pas moins séduisant que dans son costume de bonne coupe et sa chemise de soie blanche. Avec sa chevelure sombre et bouclée sur la nuque, il lui faisait penser à un bohémien d'opérette.

— Comme vous êtes jolie, Marine...

Le compliment, banal en soi, la fit frémir.

— Mais je vous préfère avec les cheveux déroulés. Pourquoi avoir repris cette sévère coiffure ?

— Je vous l'ai dit. Au bureau, c'est mieux.

Il remua les épaules, pour signifier qu'il repoussait l'argument.

— Au diable votre travail ! Bientôt...

Il laissa sa phrase en suspens, redressa sa haute taille.

— Prête ? Courageuse ?

— Mais je n'ai pas peur ! J'ai confiance en vous.

Le sourire de Frank Morgane s'éteignit. Son entrain l'avait subitement déserté. Il fut sur le point de dire quelque chose, se ravisa.

— Je suis très bon pilote, se contenta-t-il d'affirmer, les traits durcis.

Ils quittèrent le restaurant. Un vent mouillé caressait leurs visages. Frank marchait à grandes enjambées et elle avait peine à le suivre.

« Ai-je fait une réflexion qui l'a contrarié ? »

A nouveau, ils traversèrent le bureau, vide à présent. Un parfum de femme flottait dans l'air.

« Celui de la belle secrétaire », nota Marine, pincée.

Frank fit coulisser une porte et s'effaça pour la laisser passer. Cinq avions se trouvaient dans le hangar.

— Je vous présente mes cinq taxis. C'est amusant, ils portent tous des noms indiens.

— Cela représente une petite fortune, fit naïvement la jeune fille, admirative.

— Très juste.

Il énonça un chiffre impressionnant et rit de son effarement.

— Et si je vous disais le prix d'une heure de vol ! Mais laissons le côté matériel. Aujourd'hui, nous volerons sur un Aztèque. C'est amplement suffisant. Venez.

Dehors, l'avion les attendait, le nez pointé vers la piste. Un homme en combinaison bleue adressa un sourire à Frank.

— Le plein est fait, chef.

— Merci, Tom.

Il fit basculer la porte, qui offrit trois marches métalliques.

— Montez, jeune fille. Attention à votre tête, baissez-vous, car les dimensions sont assez réduites, dans ce taxi.

— On dirait un gros jouet.

L'intérieur comportait quatre places. Les sièges de cuir se rabattaient à volonté. Une minuscule toilette, protégée par un rideau coulissant, avait été aménagée à l'arrière de l'appareil.

Frank monta à son tour. Il était obligé de se plier en deux, tant il était grand.

— Rien à voir avec un Jumbo-jet, plaisanta-t-il, toute sa bonne humeur retrouvée.

Ils s'installèrent côte à côte, devant le tableau de bord aux multiples cadrans.

— Comme tout cela paraît compliqué !

— C'est pourtant simple, comme toute chose dont on a l'habitude. Je possède plusieurs milliers d'heures de vol à mon actif, si cela peut vous rassurer.

Le petit avion roula doucement sur le taxi-way balisé de projecteurs, pour atteindre son aire de vol. Puis le pilote avertit la tour de contrôle. « Allô, ici Alpha-Delta pour décollage... » La voix de Frank résonnait dans le micro, nette et posée. Il reçut une réponse affirmative et tira sur le manche. L'avion décolla, prit de l'altitude. Maladroit au sol comme un insecte mutilé, il récupérait son assurance dans le ciel, son domaine. Comme celui des oiseaux. Marine regardait le terrain s'éloigner, s'amenuiser la pointe des arbres, les effilochures de nuages. Des rigoles de pluie glissaient sur le cockpit.

Elle regardait aussi le profil énergique du pilote, et elle oublia toutes ses incertitudes, cessa de se tourmenter comme si son existence avait commencé à partir de l'instant où Frank Morgane était entré dans sa vie.

Elle comprenait mieux ce qu'il lui avait dit tout à l'heure. Qu'il ne connaissait vraiment la paix qu'au cœur du ciel. Elle-même ressentait une impression de légèreté, de pureté, comme si elle avait laissé toutes les scories derrière elle, sur cette terre lointaine habitée par des rampants.

Tout lui paraissait soudain clair et facile. Demain, elle préviendrait loyalement Philippe, car elle était incapable de lui jouer la comédie plus longtemps. Une victime sur trois, avait plaidé Frank, avec une logique un peu cruelle.

— Nous allons atteindre Dreux, avertit le pilote. A présent, nous survolons ses environs.

Tirée de sa songerie, elle regarda par le hublot, vit une vaste prairie où s'agitaient des taches blanches.

— Ce sont des poules ?

— Non, des vaches !

Ils rirent ensemble. Pour se parler, ils étaient obligés de crier un peu. Cette curieuse intimité les rapprochait.

— Cramponnez-vous !

L'avion amorça un virage sur l'aile, perdit de l'altitude, piqua du nez vers un objectif.

— Je vais vous montrer un petit village que j'affectionne particulièrement.

L'avion faisait du rase-mottes et Marine eut le loisir de détailler les petites maisons blotties les unes contre les autres. Leurs toits d'ardoise, vernissés d'une pluie récente, étincelaient sous la pâle caresse d'un soleil capricieux. La flèche aiguë d'une église dominait le tout. Un peu à l'écart, un joli castel flanqué de quatre tours effilées reposait au centre d'un parc aux allées rectilignes.

— Ma grand-mère habitait cette demeure. J'y allais souvent jouer, quand j'étais enfant.

L'avion reprit son essor.

— Avez-vous eu peur ? questionna Frank en souriant.

— Un peu. Mais c'est une agréable émotion.

Au fond, elle pensait que mourir avec lui n'était pas un sort si tragique.

Parfois, le moteur changeait de régime et des trous d'air faisaient vibrer le petit avion. Marine admirait la maîtrise du pilote. Il conduisait son taxi comme la Jaguar, l'attention acérée, mais camouflée sous une aisance qui frisait la désinvolture. Frank devait être immensément riche, pour se permettre un tel train de vie. Pour la première fois, cette idée lui venait à l'esprit. Mais cela avait si peu d'importance, à ses yeux. Sa pensée voguait vers cette femme inconnue que Frank avait aimée. L'avait-il réellement oubliée ? Elle en doutait, en revoyant son visage éclaboussé de colère et de rancune envers le rival détesté.

— Regardez cette rivière...

Un lacet d'argent serpentait entre deux pans d'herbe. Une barque miniature s'y déplaçait lentement.

— Comme tout paraît insignifiant, vu d'en haut, murmura-t-elle.

— Oui, le ciel est un autre univers. Malheureusement, on ne peut toujours y rester. L'instant arrive où il faut redescendre sur terre.

Combien de temps avait duré la promenade ? La jeune fille aurait été incapable de l'apprécier. Frank avait dit vrai. Aucun rapport entre ce baptême de l'air et les voyages en charter qu'elle faisait chaque année.

— Nous revenons.

A présent, ils survolaient le terrain. Frank demanda la permission d'atterrir. Quelques secondes après, il étouffa un juron. Le soleil l'éblouissait. L'avion se trouvait juste dans l'axe de la piste dont on distinguait à peine les limites. Il manœuvra nerveusement son palonnier.

— Qu'y a-t-il ? s'inquiéta Marine.

— Rien.

La descente commença. La jeune fille était loin de se douter que le pilote conduisait à l'estime, se repérant péniblement, aidé par la force de l'habitude. Le ventre de l'avion effleura des branches. Il parvint enfin à se poser sans encombres. D'un revers de bras, Frank essuya son front en sueur.

— Ouf ! Je peux vous l'avouer, maintenant, c'était un atterrissage difficile.

— Avons-nous vraiment couru un danger ?

Il l'observa un instant, et ses traits se détendirent.

— Il y en a de pire. N'y pensons plus. Allons boire un verre pour nous remettre de ces émotions.

Quand ils pénétrèrent dans « La Grande Volière », le bar était plein. La rumeur des conversations, la fumée des cigarettes, donnaient une atmosphère fraternelle.

— Essayons de dénicher un coin pas trop fréquenté...

Il avait dégrafé son blouson, écarté le col de son pull-over.

— Il fait terriblement chaud, ici. Que buvez-vous ? Pour moi, ce sera un whisky.

— Pour une fois, je vais vous imiter. Mais très peu, avec de l'eau.

Il passa la commande et l'attira contre lui. Elle avait la joue contre le cuir du blouson. Les lèvres de Frank se perdaient dans ses cheveux.

— Marine, je vous aime...

Elle ne pouvait voir l'expression de ses yeux en cet instant, l'imagina tendre.

— Moi aussi, Frank, je vous aime, s'entendit-elle répondre.

Ils restèrent un long moment silencieux. L'étreinte des bras virils, autour de sa taille, lui faisait l'effet d'un cercle d'acier. Fugitive, une pensée traversa son esprit : elle était prise au piège. L'angoisse s'infiltrait sournoisement, et cette sensation devint si intense qu'elle frémit.

— Qu'avez-vous, ma chérie ?

Elle leva vers lui des prunelles bleues où s'inscrivait son désarroi.

— Je ne sais pas. Tout va si vite, entre nous. C'est comme un vertige...

— Je vous croyais courageuse. Mais vous avez raison. L'amour fait toujours un peu peur.

Il se pencha vers elle, son regard plongea dans le sien, comme une dague.

— Je vous ai prévenue. C'est un sentiment comparable à la tempête. Jusqu'ici, vous ne l'avez pas connu. Mais être heureuse au cœur d'une tornade, n'est-ce pas mieux que l'ennui éprouvé dans un bonheur fade ?

Ces paroles la ramenèrent à la réalité.

— Il faut absolument que je parle à Philippe.

— Je croyais que nous avions arrêté une décision à ce sujet ?

Mais elle secoua négativement la tête.

— Je ne suis pas douée pour la comédie, Frank, je vous assure.

— Bah ! Toutes les femmes le sont.

— Vous avez de singulières conceptions sur la mentalité féminine, protesta-t-elle, choquée.

— Pardonnez-moi. Une première expérience m'a profondément meurtri.

Il avait abandonné le ton sarcastique, redevenait enjôleur.

Lui faire oublier... Guérir le mal fait par une autre. En toute femme sommeille une consolatrice.

— Je vous ferai changer d'avis, promit-elle avec un sourire tendre. Mais pour en revenir à Philippe, je suis résolue à lui dire la vérité le plus tôt possible.

Frank réfléchissait. Une contraction déformait momentanément sa bouche. Curieux comme un simple pli, un insignifiant détail, pouvait corriger sa physionomie. Tour à tour, avec une déconcertante promptitude, il passait de la douceur à la dureté.

— Soit, concéda-t-il à regret. Parlez-lui. Mais à une condition.

— Laquelle ?

— Ne mentionnez pas mon nom.

— Pourquoi ?

— Parce que je connais le cœur humain, et en particulier les réactions masculines. Trop de précisions, notamment le nom d'un rival, exacerbent la souffrance. Croyez-moi, je sais ce dont je parle. L'expérience me l'a enseigné.

— Si vous estimez que c'est mieux ainsi...

— C'est une certitude absolue. Restez le plus possible dans le vague. Annoncez-lui simplement que vous rompez vos fiançailles parce que vous en aimez un autre.

— Il me demandera qui.

— Que lui importe ? Du moment qu'il vous aura perdue.

— Vous ne connaissez pas Philippe !

Les sombres prunelles de gitan lancèrent des éclairs.

— Le connaissez-vous davantage ?

— Oui. C'est un garçon franc et loyal, qui ne fera certes pas de drame à l'annonce de cette rupture, mais qui va profondément en souffrir. Il ne se contentera pas de cette explication, exigera une vérité complète.

— Il l'apprendra fatalement un jour. Mais pour le présent, promettez-moi de ne pas trahir notre secret.

— Si vous y tenez... soupira la jeune fille, mal convaincue.

— Jurez-le.

Pourquoi cette bizarre insistance ? Frank craignait-il que Philippe vienne le trouver pour se battre ? Non, il était courageux. Après tout, quelle importance ? Elle pouvait lui faire cette concession.

— Je vous le jure, dit-elle.

Il appuya son baiser sur les lèvres frémissantes et toutes les objections s'effacèrent. Elle chavirait de nouveau dans un plaisir aigu qui lui faisait perdre tout sens critique. Plus rien ne comptait que ces bras solides qui se refermaient sur elle, comme un piège.

CHAPITRE IV

L'AVION ronronnait dans un ciel d'azur. Il avait décollé à 9 heures de Toussus ; et Marine continuait le rêve insensé commencé à l'instant où la main de Frank Morgane avait touché la sienne.

Depuis le départ, elle était restée silencieuse, et son compagnon, comprenant sans doute ce qui se passait en elle, respectait sa méditation.

Comme elle l'avait décidé, sans plus attendre, Marine était allée voir Philippe à son bureau. Avec le sûr instinct des amoureux, le jeune homme avait tout de suite flairé une importante raison à cette visite inattendue.

— Qu'avez-vous, Marine ? avait-il questionné en lui prenant les deux mains, son regard inquiet fouillant le sien.

C'était difficile à dire, et Marine avait été sur le point d'y renoncer. Mais elle ne devait pas reculer.

— Ecoutez, Philippe, je dois être franche avec vous…

Il ne l'avait pas laissé continuer. Une expression douloureuse avait gagné son visage.

— Est-ce bien nécessaire ? Croyez-vous que je n'ai pas compris ? Depuis quelques jours, vous avez changé, Marine. Vous refusez toutes mes invitations. Bref, vous

me fuyez. C'est pour me signifier clairement une
rupture que vous êtes venue, n'est-ce pas ?

Comme elle restait muette, troublée et malheureuse,
envahie d'une immense compassion, il avait repris,
avec une douceur qui décuplait son remords :

— Non, ne dites rien encore. Je pressens qu'il s'est
produit un événement grave dans votre existence, et
que cet événement vous empêche de voir clair en vous-
même. Réfléchissez, Marine. Je n'accepte pas une
décision prise sur un coup de tête ou...

Sa voix avait fléchi.

— ... ou sur un coup de cœur.

— Ce n'est pas un coup de tête !

Elle luttait pour défendre son amour, tout en reconnaissant la sagesse du conseil.

— Donc, c'est un coup de cœur, avait-il conclu avec
amertume.

Courageusement, elle avoua.

— Oui, Philippe. J'ai rencontré un garçon qui...

— Qui vous a séduite en quelques heures ?

Malgré lui, le ton de Philippe s'était fait ironique,
attitude qui lui seyait mal.

Comme une coupable, Marine avait baissé la tête.

— Je n'y peux rien, Philippe. Je vous jure que j'ai
résisté.

Des larmes commençaient à envahir ses yeux, malgré
sa volonté de les refouler.

— Qui est-ce ?

La question refoulée venait enfin. Mais elle avait
'uré à Frank de n'y pas répondre.

— Que vous importe son nom ?

Heureusement, il n'avait pas insisté.

— C'est juste. Que m'importe, si je vous ai perdue.

Un long silence avait suivi. Le plus dur étant dit,
Marine s'était sentie soulagée. Philippe n'avait pas eu
de réactions trop violentes. Mais elle aurait préféré un

éclat plutôt que ce chagrin plein de dignité dont il faisait preuve.

Il n'avait pas lâché ses mains. Avec un calme méritoire, il avait murmuré :

— Avant de prendre une irrévocable décision, accordez-vous un délai de réflexion, Marine. Mais ne soyez pas triste. Cela, je ne peux le supporter. Ecoutez : on m'avait proposé d'aller un mois en Irak, pour effectuer des relevés topographiques en vue de la construction d'un pont. J'avais refusé pour ne pas m'éloigner de vous. Je vais accepter. A mon retour, vous me donnerez votre réponse définitive.

Emue, elle lui avait souri. Pauvre cher Philippe, qui espérait contre toute espérance. A présent, elle comprenait qu'elle n'avait jamais éprouvé pour lui qu'une grande estime, une sincère affection. A quoi bon le meurtrir davantage en lui signifiant que sa décision était sans appel ? Le temps adoucit les peines.

Comme s'il lisait dans ses pensées, le jeune homme avait conclu :

— Quoi qu'il arrive, dites-vous bien que je resterai toujours votre ami...

Cette entrevue avait laissé Marine mélancolique. Oui, il y avait souvent une victime, dans une histoire d'amour. Une victime innocente, qui ne le méritait pas.

Le « Cheyenne » avait traversé des nuées, survolé des mosaïques de paysage. A présent, il surplombait la mer. Une étendue qui paraissait sans limites miroitait au-dessous de l'avion.

— Nous atteindrons la Sicile dans deux heures, avertit le pilote. Avec ce type d'avion, je fais le trajet sans escale. Si vous avez faim, prenez des sandwiches. Je les ai préparés moi-même.

— Non, Frank, merci. Je n'ai pas faim.

La voix masculine se fit infiniment tendre.

— Ne soyez pas triste, Marine.

La phrase lui rappela Philippe.

— Je « lui » ai parlé.

Il avait compris sans qu'elle ait besoin de le nommer.

— Comment a-t-il pris la chose ?

Les méplats de son visage s'étaient durcis.

— Il refuse d'admettre une rupture définitive et me demande de réfléchir.

Le bruit du moteur les obligeait à hausser la voix, ce qui expliquait peut-être le ton violent de Frank.

— Que lui avez-vous répondu ?

— Il s'absente pour un mois, éluda la jeune fille.

— A son retour, mes sentiments pour vous n'auront pas changé, vous le savez bien.

— Mais lui ne le sait pas ! Il conserve l'espoir.

Les mains se crispèrent sur le manche.

— Il est vrai que l'espoir est le pire des supplices. Mieux vaut, parfois, le coup qui assomme que le raffinement de l'incertitude ; les femmes s'y connaissent dans ce genre de torture.

— Non, Frank ! Vous vous trompez. Il se peut que j'aie manqué de fermeté, mais c'était par pitié.

Chaque fois que Frank faisait allusion à la rouerie féminine, elle se révoltait. La blessure infligée jadis avait-elle été si profonde ? Parfois, Marine évoquait cette femme inconnue, l'imaginait fascinante. Dorénavant, elle devrait lutter contre un souvenir.

A nouveau, ils gardèrent le silence.

— Nous approchons de Catane, signala le pilote. Regardez : au loin, la terre.

Il ajouta, sur le mode plaisant :

— Vous allez enfin connaître mon repaire.

— Ce n'est certainement pas le terme qui convient, sourit la jeune fille, qui se détendait peu à peu.

— Vous en jugerez bientôt vous-même...

Frank demanda la permission d'atterrir à la tour de contrôle et la descente s'amorça. La percée de la couche nuageuse secoua durement le « Cheyenne », puis, dompté d'une main de maître, il se posa douce-

ment sur la piste. En roulant sur le taxi-way pour
atteindre les hangars, il battait de l'aile comme un
grand oiseau fatigué.

— Terminus! lança joyeusement le pilote, en aidant
sa passagère à quitter l'habitacle.

Une bouffée chaude caressa leur visage. Marine
regretta d'avoir mis un pull-over.

« Bah! Pour quelques heures, je n'en mourrai
pas... »

Après avoir confié l'avion aux mécaniciens, Frank
inspecta les alentours et aperçut celui qu'il cherchait.

— Venez, dit-il en entraînant la jeune fille vers une
Fiat rutilante devant laquelle se tenait un homme en
uniforme.

— Benvenuto, signor Morgane. Avez-vous fait bon
voyage?

— Très bon, comme toujours, Mario. Tout va bien à
la maison?

— Tout va bien, signor.

Le dénommé Mario parlait un français entremêlé
d'italien, avec un accent très prononcé. C'était un
homme jeune et brun, qui paraissait robuste, malgré
son extrême minceur.

— Mario est à la fois mon chauffeur et mon valet de
chambre, expliqua Frank, une fois installé sur la
banquette arrière avec sa passagère. C'est lui qui se
charge de l'entretien de la maison. Je lui fais entière
confiance.

— Est-il aussi cuisinier?

— Non, c'est sa femme, Antonia, qui me mijote des
petits plats. Une vraie perle.

— Est-ce loin? s'informa la jeune fille au bout d'un
instant.

— Une cinquantaine de kilomètres. Mais pour
atteindre ma maison, ce n'est pas un trajet ordinaire.
Aucun rapport avec l'autoroute. J'espère que vous
n'êtes pas non plus sujette au mal de la route?

Il lui avait pris la main et jouait avec les doigts fins. Tout à coup, il semblait soucieux. Quelles pensées traversaient son esprit ?

Marine avait sans cesse l'impression que l'âme de Frank, tel un ciel capricieux, passait sans transition de l'ombre à la lumière. Etait-ce le souvenir de son ancien amour qui le tourmentait ?

Parfois, auprès de lui, elle éprouvait la sensation un peu angoissante de se trouver devant un étranger. A d'autres moments, le sentiment profond de le connaître depuis toujours.

C'est avec enthousiasme qu'elle avait accepté cette escapade. Frank lui avait brossé un tableau si enchanteur de sa demeure sicilienne. Mais n'avait-elle pas été imprudente ? Heureusement, la présence des deux domestiques la rassurait.

Après avoir parcouru rapidement la distance qui séparait l'aérodrome de la ville, la Fiat ralentit. Taormine se profilait sur un fond de ciel d'une pureté cristalline. Accrochée aux flancs du Mont Tauro, elle dominait superbement la mer.

La voiture s'engagea dans la via Pirandello, une route tortueuse, avec des virages en épingle à cheveux.

— Je vous avais prévenue, sourit Frank. Mais c'est le seul moyen de parvenir à mon refuge. Quand je dis le seul... il y a aussi le téléphérique, naturellement. Mais je déteste l'attente des horaires imposés.

L'exceptionnelle beauté du paysage captivait la jeune fille et ses vagues craintes s'évaporaient. Quand ils atteignirent Taormina, elle était conquise, sous le charme. Les mimosas, les lauriers-roses et les géraniums géants jaillissaient des villas. Des ruelles, fusaient les figuiers de barbarie, les agaves et les clochettes roses des yuccas fleuris.

— J'habite un peu plus loin, la renseigna son compagnon, près du village de Castel-Mola. C'est l'endroit le plus haut perché, le plus sauvage aussi.

Dix minutes plus tard, la Fiat s'arrêtait devant une grande maison de pierre grise, au portail en ogive. Six fenêtres ornaient la façade, au-dessus desquelles courait une corniche en dentelle de pierre.

— Range la voiture et tu pourras partir, je te donne congé jusqu'à demain, dit Frank à son chauffeur.

Un large sourire témoigna du contentement de Mario.

— Je n'aurai pas besoin non plus des services d'Antonia. Va la prévenir.

Mario ne se le fit pas dire deux fois et s'esquiva avec une prestesse de gazelle.

— Entrez, Marine, dans votre future demeure...

Leurs pas glissaient soyeusement sur le dallage de marbre blanc.

— Allons sur la terrasse.

Il lui avait pris la main et elle se laissait guider, comme une petite fille éblouie. Le spectacle lui arracha un cri d'admiration. Cette terrasse avait les proportions d'un jardin. Ornée de fleurs merveilleuses, elle offrait le plus splendide panorama que Marine ait jamais contemplé. Le regard plongeait à perte de vue sur une mer d'émeraude, transparente par endroits, avec le ruban blond des plages et le mouchetis des voiles. Un air parfumé, plein de douceur, flottait comme une vapeur. La maison était littéralement suspendue entre ciel et terre, agrippée sur son éperon rocheux comme un nid d'aigle. Au loin, des étincelles d'or criblaient la baie des Sirènes.

— Le paysage vous plaît ? Vous n'êtes pas déçue ?

Arrachée à sa contemplation, elle tourna vers lui un visage émerveillé.

— C'est une splendeur. Les mots me manquent pour dire ce que je ressens.

— Alors, ne dites rien.

— C'est un site enchanteur où il doit faire bon vivre, ajouta la jeune fille, rêveuse.

Frank avait-il emmené « l'autre » dans cette maison ? pensait-elle, prise d'une jalousie rétrospective.

— Un endroit pour aimer, Marine...

Elle frémit. En cette minute, elle fut certaine d'aimer Frank Morgane, de cette passion exclusive et farouche qu'il lui décrivait si bien. C'était une sensation aiguë comme une douleur, qui l'étreignait tout entière.

Prise d'un léger vertige, elle s'accouda à la balustrade. Ce gouffre, au-dessous d'elle, la fascinait. La côte s'allongeait à l'infini, dominée par la masse souveraine de l'Etna.

Un bras d'acier encercla sa taille, l'attira, la forçant à s'appuyer contre le torse viril.

— Je vous veux à moi, Marine, et pour toujours.

Elle se sentait grise. La tête lui tournait un peu.

— Nous sommes seuls, tous les deux, ma chérie. Vous m'appartenez déjà...

Faiblement, elle tenta de le repousser.

— Je ne dois pas m'attarder, Frank. Vous savez que je dois rentrer ce soir.

Il se mit à rire.

— Ce soir ? Mais il n'en est pas question ! Je vous ai, je vous garde. Nous ferons une dînette d'amoureux et ne partirons que demain matin.

— Mais vous m'aviez promis...

— Je ne vous ai rien promis du tout, du moins en ce qui concerne la date de notre retour.

Comme elle ouvrait la bouche pour protester encore il la bâillonna d'un baiser brutal. Lèvres contre lèvres, il murmura :

— J'ai tout décidé. Et ne me parlez surtout pas de votre sœur, je l'ai moi-même prévenue.

De quel droit s'était-il permis ? Que devait penser Hélène ? Elle ne lui avait pas encore fait part de sa rupture avec Philippe.

— Vous n'auriez pas dû...

— J'ai tous les droits.

Pouvait-elle lutter ? Tout concourait à sa soumission. Cet homme, qui avait le pouvoir de la faire vibrer au plus léger contact, ce paysage féerique qui semblait émaner d'un rêve et cet air embaumé qui caressait sa peau.

— J'ai renvoyé les domestiques, continua Frank, en resserrant son étreinte. Rien ni personne ne pourra s'interposer entre nous.

Ces dernières paroles parurent l'assombrir. Avec un accent différent, il répéta, sous forme de question :

— Jurez-moi, Marine, que rien ni personne ne pourra nous séparer ?

— Serais-je ici, si je ne vous aimais pas ? J'ai averti Philippe et...

— Ne me parlez pas de lui ! Plus jamais ! Je veux l'oublier !

Etait-ce la jalousie qui lui donnait soudain cet air implacable ? Au fond, elle le comprenait et l'absolvait. Ne souffrait-elle pas aussi, en pensant à la femme que Frank avait aimée avant elle ?

— Il serait temps de s'occuper des choses sérieuses, dit Frank en reculant son visage et en lui offrant subitement une mine insouciante.

Le charme était rompu. Elle n'était pas encore habituée à ces singulières sautes d'humeur. De brusques éclipses qu'elle ne parvenait pas à s'expliquer. Quand percerait-elle cette couche mystérieuse de l'âme, comme l'avion, tout à l'heure, traversant l'épaisseur des nuages ?

— Nous allons dîner sur la terrasse. Qu'en dites-vous ? Sur mes ordres, Antonia a tout préparé.

— Mais c'est un véritable guet-apens ! J'étais certaine de rentrer ce soir à Paris. Pour mon employeur, j'ai déjà été obligée d'inventer une maladie diplomatique !

— Ayez pitié de ce pauvre « Cheyenne » ! N'a-t-il pas droit à un repos bien mérité ?

Elle lui sut gré d'adopter ce ton léger, car elle
appréhendait ce face à face en pleine solitude. Elle
avait d'ailleurs moins confiance en elle qu'en lui.
Saurait-elle résister à l'attraction qu'il exerçait sur elle ?

Par instants, le doute la reprenait. Tout avait été si
vite, dans leur aventure. Frank était-il sincère ? Ne
recherchait-il qu'une passade, sans lendemain ? A cette
pensée, son sang se glaçait. L'épreuve était trop
terrible, insupportable. Mais, tout de suite, elle se
rassurait. Impossible de s'y tromper. Frank l'aimait.
Aucun être n'aurait été assez vil pour jouer à ce point la
comédie. Un heureux hasard avait permis leur rencontre. Rien ne les désunirait. Ils étaient prédestinés.

— A quoi songez-vous, ma chérie ?

A nouveau, il avait cette expression tendre au fond
de ses sombres prunelles d'hématite.

— A rien.

— C'est ce qu'on répond quand on pense à tout,
justement.

Il alla prendre un carafon de cristal dans un long
bahut en bois sculpté, versa le Marsala doré dans un
verre qu'il lui tendit.

— A notre amour, Marine.

A travers le liquide blond, elle le voyait comme dans
un léger brouillard. Des boucles noires descendaient
sur son front. Il lui fit penser à un sombre archange.

— Vous allez innover vos devoirs de maîtresse de
maison. Mais je vais vous aider...

Ils disposèrent une nappe de dentelle sur la table
ronde de la terrasse, les couverts d'argent, les mets
délicats préparés par Antonia.

— Ce n'est qu'un repas froid. Soyez indulgente.

— Langouste et foie gras n'ont besoin d'aucune
indulgence, répliqua la jeune fille en souriant.

Le « Zucco » blanc baignait dans le seau à glace.

— C'est un des meilleurs vins siciliens. Il a la
réputation de plaire aux amoureux.

Frank rapprocha les deux assiettes.

— Je préfère vous avoir plus près de moi.

Le temps avait passé avec une incroyable rapidité. Déjà, le crépuscule s'amorçait. Au loin, l'Etna se couronnait d'une buée rose.

« Le bonheur est parfois un peu effrayant », pensa Marine, en trempant ses lèvres dans le vin fruité que son compagnon venait de lui verser. « Peut-être parce qu'on craint de le perdre ? »

Son destin avait soudainement bifurqué. Sa calme existence avait basculé dans une aventure passionnée qui lui révélait un aspect ignoré de sa nature. C'était Frank qui avait accompli ce miracle. Et, comme toute joie comporte son revers, elle tremblait à l'idée d'une déception.

« Je ne la supporterais pas », se dit-elle avec un inconscient effroi.

— Vous ne mangez pas, ma chérie, lui reprocha Frank en lui prenant tendrement la main.

— Je n'ai pas très faim.

— Moi non plus.

Il repoussa son assiette, lui offrit une cigarette. Deux points rouges palpitèrent dans l'ombre qui avait insidieusement envahi la montagne.

— Venez admirer le coucher du soleil, proposa-t-il en la forçant à se lever...

L'air s'était rafraîchi. Marine frissonna. Un bras emprisonna ses épaules, lui communiquant sa chaleur.

Des coulées de lave pétrifiée plongeaient jusqu'à la mer, qui scintillait comme une plaque d'argent, rayée par la colonne d'ambre de la lune.

— Une nuit pour aimer, répéta Frank en faisant doucement pivoter la jeune fille et en la serrant contre lui à l'en faire gémir.

Il étendit la main.

— Regardez l'Etna. On dirait un bon géant assoupi. Mais il ne faut pas s'y fier. Il peut avoir des réveils terribles. Par un mystérieux phénomène, quand il se met en colère, il crache ses entrailles brûlantes et sa lave incandescente ravage tout sur son passage.

— Peut-on prévoir ces catastrophes ?

— Pas toujours. On peut comparer l'âme humaine à ces volcans. Une tempête intérieure, furieuse, impitoyable.

Elle frissonna nerveusement. Cette image la mettait mal à l'aise.

— Je sais. Le Vésuve a détruit Pompéi.

— L'Etna n'est pas moins redoutable. Dans l'antiquité, il a dévasté Naxos, faisant ainsi des milliers de victimes. Ses éruptions sont fréquentes et violentes.

— Il paraît cependant si calme, si majestueux, vu d'ici.

— Ne jamais se fier aux apparences, Marine. Ce pilier du ciel, comme l'appelaient les anciens, a toujours inspiré la terreur. La mythologie en faisait la demeure du géant Typhon et y plaçait les forges de Vulcain et des Cyclopes.

Il s'aperçut de son trouble.

— Assez parlé de catastrophes ! Ne pensons plus qu'à nous. Rentrons, car l'air de la montagne devient humide et je ne voudrais pas que vous attrapiez un bon rhume. Que ferais-je d'une invitée qui ne cesserait pas d'éternuer ?

Sous la boutade, elle devina son intention de la rassurer. Mais elle ne l'était guère. L'heure délicate était arrivée. Frank alluma les lampes aux abat-jour en pâte de verre qui distribuaient une lumière douce, pleine d'intimité. Un grand divan de velours bleu offrait un asile confortable.

D'une main ferme, il l'y dirigea, prit place à son côté. Le cœur de Marine se mit à battre à grands coups.

Il la prit dans ses bras, pencha son visage, ses yeux fouillant les siens.

— Je vous aime, Marine. Me croyez-vous ?

Elle perçut la nuance inquiète, le rassura d'un sourire un peu tremblant.

— Je vous crois, Frank.

Comme s'il devinait ses pensées, il enchaîna, sur un ton un peu railleur, qui ne parvenait pas à cacher son émotion :

— Et je vous promets d'être sage. Ou du moins d'essayer.

— J'ai confiance en vous !

Pourquoi cette petite phrase, qu'elle avait déjà prononcée à différentes reprises, faisait-elle, sur Frank, l'effet d'une décharge électrique ?

Spontanément, elle ajouta, en lui offrant un lumineux regard où s'exprimait toute la sincérité du monde :

— Ne me décevez jamais, mon chéri ! Je crois que j'en mourrais !

Il avait baissé la tête pour lui dérober son visage. Quand il la releva, elle remarqua sa mine défaite. Un pli soucieux barrait son front.

— J'ai beaucoup de défauts, Marine. Mais je vous aime. Je veux que vous en soyez persuadée. Dites-moi que vous n'en douterez jamais ?

Indulgente, elle mettait cette insistance sur le compte de la passion. Frank possédait un esprit tourmenté. De plus, n'avait-il pas été cruellement déçu, jadis ?

Leurs corps se touchaient. Un silence total les environnait. C'était une solitude complète, un peu impressionnante, au cœur de la montagne.

Brusquement, il la serra contre lui. Ses lèvres cherchèrent la bouche soumise, éternisa le baiser. Elle palpitait comme un oiseau capturé. Des ondes délicieuses la parcouraient. C'était une révélation. Un peu comme si un musicien s'était servi de son corps pour composer une merveilleuse symphonie. Des sensations inconnues fulguraient dans toutes les fibres de sa chair.

Peu à peu, sa taille ployait. Il la renversa sur le

velours du divan. Corps soudés, ils ne formaient plus
qu'un seul être. Le moindre frémissement leur était
perceptible. Frank balbutiait des mots sans suite, tel un
homme ivre. Elle ne les écoutait même pas, plongée
dans une indicible extase qui la transportait en dehors
du réel. Elle se sentait incapable de résister, car elle
appartenait corps et âme à cet homme.

Tout à coup, il suspendit ses caresses. Ses yeux
sondèrent le visage éperdu, renversé comme une
coupe, telle une offrande.

— Je veux te respecter, dit-il, les dents serrées.

La sueur envahissait son front dur, faisant saillir les
muscles des joues.

— Je te veux pure jusqu'à notre mariage. Je te
donne cette preuve d'amour. Mais je ne pourrai pas
attendre plus longtemps. Hâtons les formalités. Je
désire t'épouser le plus tôt possible !

D'un effort surhumain, il se redressa. Une lueur
tendre éclairait ses yeux, errait sur sa bouche.

— Comme je vous ai compromise, j'ai l'honneur de
vous demander votre main, mademoiselle Lancelin,
dit-il sur un ton volontairement emphatique, pour
dissimuler son émotion. Maintenant, je vais vous
mener à la chambre d'ami.

CHAPITRE V

Un soleil pâle nimbait la cime des arbres, mettait des flaques de lumière sur le parvis de la petite église de Crécy-Couvé.

Le chant de l'harmonium s'était tu. Marine ferma les yeux pour mieux savourer son profond bonheur, un de ces bonheurs qu'elle n'aurait jamais pu imaginer.

Désormais, elle s'appelait Mme Frank Morgane. Elle était indissolublement liée à l'homme qu'elle aimait.

Elle releva les paupières, rencontra le regard d'encre qui l'avait subjuguée dès la première seconde.

Sous son voile blanc, elle était ravissante. Des mèches mordorées moussaient autour de son ovale délicat. Ses prunelles bleues rayonnaient.

— Frank, murmura-t-elle d'un ton plein de ferveur, je suis heureuse.

Le silence de son compagnon était plus éloquent que des paroles. Lui aussi paraissait violemment ému.

Une seule ombre à ce tableau enchanteur. Hélène avait catégoriquement refusé d'assister au mariage de sa sœur.

— Non, Marine ! Si tu as trahi Philippe, moi je ne le peux pas !

C'est en vain que Marine avait tenté de la raisonner. Peut-être n'avait-elle pas su trouver les arguments convaincants parce qu'elle se sentait un peu coupable ?

Mais l'amour n'est-il pas plus fort que tout ?

— Ecoute, Hélène. J'ai infiniment d'estime et d'amitié sincère pour Philippe, tu le sais. Je ne doute pas davantage qu'il ait fait un excellent mari. Mais je me suis aperçue à temps que j'aurais fait une grave erreur en l'épousant.

— Tu aurais été mille fois plus heureuse avec lui !

— Comment peux-tu en juger ? Tu ne connais pas Frank.

— Oh ! Je l'imagine ! La façon dont il t'a enveloppée ne me trompe pas ! Je le vois d'ici. Le genre de tombeur irrésistible ! Tandis qu'avec Philippe...

— Pourquoi ne l'épouses-tu pas, toi ! avait répliqué Marine, agacée. Tu ne cesses de chanter ses louanges.

— Parce que ce n'est pas moi qu'il aime. Et puis je suis trop jeune.

Hélène avait rougi.

— Ne peux-tu faire un effort, ma chérie ? Cela me fait tant de peine si tu n'es pas à mon côté ce jour-là.

Mais Hélène s'était butée.

— Tu aurais pu au moins attendre son retour, avait-elle encore reproché. Ç'aurait été plus loyal. Il est encore plus seul à l'étranger.

Que répondre ? C'était évidemment là que le bât blessait. Mais Frank avait tellement insisté pour que leur union ait lieu le plus tôt possible. Ses baisers avaient étouffé les dernières protestations.

— Ecrivez-lui...

C'était vrai, la rupture était plus facile par lettre. Plus lâche, aussi, il fallait en convenir.

— L'éloignement amortira le choc, ma chérie, croyez-moi...

Elle n'en était pas si sûre. Elle entendait encore la voix de Philippe : attendez avant de prendre une décision. Vous me donnerez votre réponse à mon retour.

Or, ce retour, elle ne l'avait pas attendu. A présent,

Philippe devait savoir qu'elle était mariée. Souffrait-il ? Ou bien, comme le prétendait Frank, sa peine était-elle amortie par l'absence, le dépaysement ?

— Qu'avez-vous, Marine ? La mélancolie est interdite aujourd'hui.

Il l'aida à monter en voiture. La cérémonie avait eu lieu dans la plus grande simplicité. Frank avait tenu à célébrer leur mariage dans la petite église du village de son enfance. Puis il avait prévu une réunion intime dans son appartement de l'avenue Foch.

— Nous irons nous reposer quelques jours à Taormine, et après je vous emmènerai faire le tour du monde. Un merveilleux voyage de noces, avait-il promis, en prenant ce ton câlin qui avait le don de l'envoûter.

La Jaguar dévorait la route.

— C'est l'absence de votre sœur qui vous contrarie ? devina-t-il. Ne vous chagrinez pas. A la longue, elle finira bien par m'apprécier !

Il éclata de rire.

— Elle est même capable de tomber amoureuse de moi, vous verrez !

— Prétentieux !

Tendrement, Marine laissa tomber sa tête sur l'épaule de son compagnon.

— Je ne veux vous partager avec personne !

— Moi non plus. Malheur à quiconque tenterait de vous éloigner de moi !

L'espace d'un instant, il avait repris ce ton farouche qui l'inquiétait vaguement. Elle jugea donc plus diplomate de taire la deuxième cause de son souci, car elle avait remarqué que le simple nom de Philippe le mettait hors de lui.

— Qui vous dit que votre sœur ne sera pas à notre petite réception ? dit Frank, qui poursuivait son idée. C'est une fantaisiste, une velléitaire. Sa bouderie ne durera pas.

— Je le souhaite ardemment, Frank. Vous savez, ma sœur et moi, nous sommes très unies et nous ne nous étions jamais vraiment disputées.

— Désolé d'être l'objet de cette discorde.

— Vous n'y êtes pour rien, riposta-t-elle vivement. S'il y a une fautive dans cette situation, c'est moi.

Il ne répondit pas, força l'allure.

— Nous allons semer ce pauvre Vercel, dit-il, changeant résolument de sujet.

C'était son associé qui lui avait servi de témoin. Quant à Marine, elle avait fait appel à une amie de pension, avec laquelle elle entretenait des relations épisodiques.

Ils arrivèrent sans encombre avenue Foch. L'appartement de Frank ne démentait pas son standing. Le décor en était moderne, avec un harmonieux mélange de meubles de style et de toiles de maître. Dans le grand salon en rotonde, un traiteur renommé avait dressé le buffet. Une trentaine de personnes s'y trouvaient déjà quand le jeune couple fit son entrée. Parmi les invités, Marine reconnut la jolie secrétaire rousse pour laquelle elle continuait d'éprouver une certaine jalousie.

Elle avait ôté son voile. Ses larges yeux bleus scintillaient de joie. Sa robe de mariée, très simple, mais d'une coupe parfaite, épousait sa taille fine, faisait ressortir le galbe de sa jeune poitrine. Un décolleté rond dévoilait chastement sa peau ambrée.

Il y eut des présentations, des compliments, les classiques vœux de bonheur. Elle entendait cette rumeur comme dans un rêve, entrevoyant à peine les personnages, plongée dans une indicible félicité.

— Permettez que je vous abandonne quelques instants, ma chérie. Les inévitables corvées...

Frank s'éloigna pour serrer la main à des inconnus. Marine se remémora la phrase de Giraudoux, qu'il lui

avait récemment citée : depuis que je t'aime, ma
solitude commence à deux pas de toi...

« Comme c'est vrai », pensa-t-elle, les yeux fixés sur
la haute et élégante silhouette de son mari, qui bavar-
dait au sein d'un petit groupe.

Soudain, un bras se posa sur le sien, tandis qu'une
voix angoissée chuchotait à son oreille :

— Marine, il faut absolument que je vous parle.

Avait-elle besoin de se retourner ? Violemment
contrariée, elle reconnaissait la voix de Philippe ! Il
était revenu d'Irak plus tôt que prévu. Etait-ce à
l'annonce de son mariage ? Mais qu'espérait-il ?

C'était une épreuve à laquelle elle s'attendait, mais
pas si tôt, et, surtout, pas en ces circonstances. Le lieu
était vraiment mal choisi.

Bravement, elle lui fit face.

— Je vous croyais absent. Je suis navrée...

— Pas autant que moi, hélas. J'arrive trop tard.

— Cela n'aurait rien changé, je vous le jure.

— Si, Marine ! Cela aurait certainement changé vos
projets !

La voix décidée l'alerta. Si le regard restait triste, il
avait un bizarre comportement que la seule déception
n'expliquait pas.

— Je veux vous parler ! répéta-t-il, avec une autorité
qu'elle ne lui avait jamais connue.

Désirait-il provoquer un esclandre ? Cette façon
d'agir ne lui ressemblait pas. Mais sait-on jamais ? Et
puis elle lui devait bien une explication. Dans la lettre
qu'elle lui avait adressée, elle ne s'était pas étendue sur
les détails.

— Est-ce vraiment utile ? tenta-t-elle encore.

— Indispensable.

D'une pression de bras, il l'attira à l'écart. Regardant
craintivement dans la direction de son mari, la jeune
femme constata avec soulagement qu'il était toujours
accaparé par ses invités.

— D'accord, Philippe, se résigna-t-elle. Je vous écoute.

— Ce que j'ai à vous dire n'est pas facile...

A présent, c'est lui qui semblait embarrassé. Curieux renversement de situation.

— Avant de commencer, Philippe, une question : qui vous a donné les précisions qui vous ont permis d'être ici aujourd'hui ? Je ne vous avais pas fourni cette adresse, ni la date exacte de mon mariage.

— C'est Hélène. Malheureusement, j'étais absent quand sa lettre est arrivée et je l'ai reçue trop tard.

— Je ne peux que vous répéter que rien au monde ne m'aurait fait changer d'avis. Je vous demande pardon, Philippe. Mais ne pouvons-nous rester amis, comme vous me l'aviez si généreusement proposé, la dernière fois ?

— Je vous pardonne de tout cœur et ne souhaite que votre bonheur, croyez-le bien, et c'est justement parce que je suis votre ami que je suis accouru le plus rapidement possible.

La voix du jeune homme s'altéra.

— J'aurais tant voulu arriver à temps... Avant que vous ne soyez liée à cet homme.

L'inquiétude ne venait pas encore.

— Que voulez-vous dire ?

— C'est une longue histoire, Marine, mais je vais essayer de la résumer. Frank Morgane et moi, nous étions des amis intimes, autrefois. Avant que...

La surprise, chez la jeune femme, se disputait à la curiosité.

— Avant quoi ?

— Avant le drame qui a coûté la vie à la femme qu'il aimait.

— Je ne comprends rien à ce que vous dites. Soyez plus clair.

— Vous allez comprendre.

Il faisait de visibles efforts pour dominer sa nervosité.

— Elle s'appelait Natacha. Tacha, pour ses proches. C'était une fille extrêmement belle, mais terriblement aguicheuse. Cela me gêne de l'avouer, mais je dois aller jusqu'au bout de la vérité. Tacha me faisait des avances. Bref, elle s'offrait carrément à moi. J'ai gardé certaines lettres d'elle, d'un style exalté, où elle me reproche mon indifférence, faisant d'ironiques allusions à mon sens périmé de l'honneur et de l'amitié. Un jour, elle est venue me rejoindre, au cours d'un week-end à la campagne. Une fois encore, je l'ai repoussée et j'ai décidé de la reconduire à Paris en voiture. Vexée, elle a pris le volant, conduisant à une folle allure. L'accident s'est produit. Elle y a trouvé la mort. Moi-même, j'ai été grièvement blessé.

Marine avait écouté ce récit avec beaucoup d'attention. Mais elle ne faisait pas encore le rapprochement.

— Je ne vois toujours pas ce que Frank a à voir dans ce drame. D'ailleurs, il m'a confié qu'il avait aimé une femme avant moi, et qu'en effet celle-ci s'était tuée tragiquement.

— Ce qu'il ne vous a peut-être pas dit, c'est qu'à partir de cet instant, il m'en a voulu à mort. Evidemment, toutes les apparences étaient contre moi. J'étais avec Tacha dans la voiture. Il a cru que je l'avais trahi.

— Pourquoi ne pas avoir rectifié cette erreur ? Rétabli la vérité ?

— Tout d'abord, parce que je suis resté inconscient pendant plusieurs semaines. Ensuite, comprenez mes scrupules, Marine. Tacha était morte. Pouvais-je, sans goujaterie, salir sa mémoire ? Je me suis donc tu, espérant que le temps ferait son œuvre, en adoucissant la peine et la rancune de Frank. Mais je m'étais trompé.

— Ecoutez, Philippe, cette histoire est très triste, mais je ne saisis toujours pas le rapport qu'elle peut avoir avec moi.

— Vraiment ?

Prise d'un étrange pressentiment, elle frissonna.

— Expliquez-vous mieux.

— J'y arrive. Frank avait juré de se venger. Ses
propos m'ont été rapportés par des amis communs. Il
me vouait une haine aveugle. Jusqu'ici, quoique peiné
par son attitude, je n'y avais pas attaché beaucoup
d'importance. Mais je devine maintenant ce qui s'est
passé : il a voulu me rendre la pareille. Sans doute n'a-
t-il pas cessé de m'épier, jusqu'au jour où je vous ai
connue, Marine. C'était l'occasion rêvée de prendre sa
revanche, de m'ôter à son tour la femme que j'aimais.

Glacée d'effroi, à présent, elle commençait à entre-
voir la vérité. Elle se rappelait les paroles de Frank, au
sujet d'un ami félon. Se pouvait-il...

— Continuez, Philippe...

— Je connais tous les détails de votre rencontre par
Hélène, qui se doutait de quelque chose. On ne peut
pas aimer aussi vite...

« Moi, si ! » pensa douloureusement la jeune femme.

— Frank possède une grande séduction, poursuivit
le jeune homme d'un ton plus assuré. Il a provoqué
cette rencontre, qui n'est pas le fait du hasard, comme il
l'a prétendu. Puis il a déployé tout son charme pour
vous conquérir. Quand il veut arriver à un but, il le veut
bien, croyez-moi. Je n'ai jamais rencontré un homme
plus obstiné que lui. Un caractère entier, ne reculant
devant rien. Il a voulu vous arracher à moi et il a réussi.

— Mais... mais c'est impossible, Philippe !

Aussi blanche que sa robe, à présent, Marine tentait
de repousser l'affreuse vérité. Comme au fond d'un
kaléidoscope, elle voyait défiler des fragments de
souvenirs proches. Des sortes de flashes cruels, qui
étayaient la tortueuse machination.

Le jour où Frank avait arrêté sa voiture devant le
numéro de la rue Spontini, alors qu'elle ne le lui avait
pas indiqué. Quand il l'avait attendue à la sortie de son
travail et qu'elle ne lui avait pas mentionné le nom du
notaire. Plus, encore : son insistance à ne pas vouloir

révéler son nom à Philippe, et cette hâte à précipiter
leur union. Elle se rappelait aussi son expression
sauvage quand il parlait de l'ami qui l'avait trahi.
Pouvait-elle se douter que cet ami, c'était Philippe ?

Ce qui la frappait au cœur, c'était cet acharnement,
cette ruse, cette duplicité qu'il avait employés pour la
piéger, comme un impitoyable chasseur.

Toute leur histoire reposait sur une imposture.
Patiemment, il avait tissé les fils de sa vengeance.
Aucun mot, aucun geste, n'avait été laissé au hasard, ce
hasard qu'il évoquait si souvent, comme le dieu des
amoureux.

A travers un brouillard de larmes, elle voyait le
visage malheureux de Philippe.

— Pour résumer, dit-elle, d'une voix éteinte, vous
m'apprenez qu'il m'a épousée sans amour, uniquement
pour m'enlever à vous ?

— Peut-être pas tout à fait, Marine. Vous êtes si
jolie...

Le ton manquait de conviction.

— Ne vous forcez pas à être charitable, vous mentez
mal.

Oui, Philippe n'était pas doué pour le mensonge, lui !
Il était incapable de feindre. Tout le contraire de
Frank, qui avait su à merveille simuler une passion qu'il
n'éprouvait pas.

Le coup était si rude qu'elle ne souffrait pas encore.
Pas vraiment. Elle était comme anesthésiée. Au fond
d'elle-même, l'espoir subsistait. Non, ce n'était pas
vrai ! Elle était le jouet d'un rêve, et elle allait se
réveiller !

Un bras la soutint.

— Reprenez-vous, Marine, je vous en supplie. Je
suis désespéré d'être l'instrument bien involontaire de
votre chagrin. Peut-être, après tout, n'aurais-je pas dû
parler.

— Vous avez très bien fait, au contraire. On ne peut

pas vivre dans le mensonge. A présent, je suis fixée sur les sentiments de mon mari.

— Qu'allez-vous faire ?

— Je ne sais pas encore.

— Je voudrais tant me tromper. Après tout, ce n'est peut-être qu'une coïncidence.

Elle eut un sourire amer.

— Il y a beaucoup trop de coïncidences dans ce conte de fées, où j'ai joué le rôle de la jeune fille crédule qui tombe dans les bras du prince charmant. Comme si cela pouvait exister, de nos jours...

— Je vous aime tant, moi, Marine...

Certes, il était sincère. Bizarrement, au lieu de la toucher, cet aveu l'agaça. Elle réalisa pleinement qu'elle n'avait jamais éprouvé d'amour pour lui. Pourtant, Hélène n'avait pas tort. Un mariage sans passion, fondé sur la raison, est mille fois préférable à l'amour fou qui dévaste tout sur son passage, comme ces grandes fureurs des volcans auxquelles Frank faisait allusion.

Ses paroles lui revenaient en mémoire : l'amour est une tornade. Il ne laisse aucun répit. Qu'avait-il dit, à propos de la torture de la jalousie ? Quand elle regrettait avec tristesse la peine qu'elle allait infliger à Philippe, il semblait prendre un sombre plaisir. Cette attitude aurait dû l'alerter. Pauvre sotte, qui avait cru au coup de foudre...

La voix de Philippe la rappela à la réalité.

— Dois-je rester, ou préférez-vous que je m'en aille ? Frank ignore que je suis ici.

Elle réfléchit. Mettre les deux hommes en présence ? Montrer à Frank qu'il était démasqué ? Créer un scandale ?

Avant tout, il était nécessaire d'avoir une explication avec lui, seul à seul. Ne pas lui donner d'arme, voir jusqu'où il allait s'enferrer, pousser l'hypocrisie.

Des idées de revanche fulguraient dans son esprit

enfiévré. Provisoirement, l'orgueil prenait le pas sur la souffrance.

— Je préfère que vous partiez, Philippe. Mais nous nous reverrons.

— Comme il vous plaira.

Avant de s'éloigner, il marqua une hésitation.

— Si vous avez besoin de moi, n'hésitez pas à m'appeler. Je ferai n'importe quoi pour vous. Je reste à Paris, à votre disposition.

— Merci, Philippe. Je vous téléphonerai.

— Au revoir, Marine. Et pardonnez-moi...

Cher Philippe, qui demandait pardon d'une faute qu'il n'avait pas commise. Pardon d'avoir été le messager de la mauvaise nouvelle. Le coupable, lui, paraissait pas accablé sous le poids des remords !

Avec rancune, elle regarda dans la direction de Frank, le vit souriant, l'air heureux, décontracté, tapant amicalement sur l'épaule de son associé.

Comment aurait-elle le courage de l'affronter, désormais ? Philippe lui avait demandé quelles étaient ses intentions. A vrai dire, elle n'en avait pas la moindre idée. Tout s'effilochait dans sa tête. Elle se sentait infiniment faible, comme au terme d'une grave maladie.

Guérirait-elle jamais de cette blessure de l'âme ? C'était pire qu'un coup de dague en plein cœur. Tous ces baisers empoisonnés, ces serments mensongers, ces étreintes de commandes... comédie ! Pendant tout ce temps, Frank ne pensait qu'à assouvir sa vengeance !...

— Où étiez-vous, ma chérie ? Je vous ai cherchée, tout à l'heure. Je pensais qu'on vous avait enlevée !

— Vous étiez si accaparé, répondit-elle, sans reconnaître le son de sa propre voix. Je ne voulais pas vous déranger.

Il s'aperçut de son trouble, arqua les sourcils, audessus de ses prunelles de jais.

— Qu'avez-vous, Marine ? Vous êtes toute pâle.

— Je suis un peu étourdie par tout ce monde.

Il lui prit tendrement la taille, et elle se raidit pour ne pas lui crier son mépris.

— C'est bien naturel. Je suis impardonnable de n'y avoir pas songé. Savez-vous ce que nous allons faire ? Fuir cette foule de gêneurs et nous esquiver, comme deux amoureux.

— Pour... pour aller où ?

Il la regarda avec un étonnement amusé.

— Je croyais avoir fixé le programme et que vous l'approuviez ? Nous nous envolons dès ce soir pour la Sicile, avant le grand voyage promis. Notre nuit de noces, je veux la passer là-bas, Marine, entre ciel et terre, dans cette maison que je veux vous faire aimer autant que je l'aime.

Leur nuit de noces... Dans le désordre de ses pensées, elle l'avait oubliée ! Non, jamais elle ne pourrait subir des caresses qui n'étaient que trahison !

Un instant, elle fut sur le point de lui jeter la vérité en plein visage, lui crier qu'elle n'était pas dupe, et qu'elle ne le suivrait nulle part, jamais !

Mais le doute revenait. Peut-être lui donnerait-il les raisons de sa conduite ? Philippe avait pu se tromper. Il fallait demander une explication. Contre toute espérance, elle espérait encore. Une telle rouerie lui semblait inconcevable.

— Allez vous préparer, poursuivit-il gaiement. J'ai prévu une tenue plus conforme pour nous deux. Je vous rejoins dans cinq minutes, le temps de prévenir Vercel. Au premier étage, vous trouverez tout ce qui vous est nécessaire.

Comme une automate, elle se dirigea vers le large escalier. En effet, une domestique avait préparé un ensemble de lainage léger, taillé à ses mesures. Frank avait vu juste. D'ailleurs, Marine faisait un « 40 » sans problème.

Elle quitta sa robe blanche et s'habilla avec lenteur, réfléchissant sur la conduite à tenir.

Pourquoi avait-elle accepté de partir? N'aurait-il pas été préférable de s'expliquer sur place? Elle ne pouvait répondre à cette question. En réalité, elle n'osait pas s'avouer la véritable raison. Instinctivement, elle reculait l'échéance. Elle avait peur. Peur de se voir confirmer l'affreuse vérité. Peur de Frank, aussi. De ses réactions, qu'elle prévoyait violentes. Allait-il nier? Inventer de maladroites excuses, ou, au contraire, baisser le masque, avec un révoltant cynisme?

Une noyée en détresse se raccroche au moindre brin. Mais elle avait beau chercher une issue, les détails accusateurs ne laissaient guère de place au doute.

Frank vint la rejoindre et, une fois de plus, elle frémit en constatant sa puissance de dissimulation. Il affichait un bonheur sans mélange.

— Prête? Suivez-moi, chérie. Nous allons filer à l'anglaise.

Il prit la légère valise où la jeune femme avait empilé à la hâte quelques affaires personnelles.

— Nous achèterons tout sur place. Ne vous préoccupez pas de ces broutilles. Crédit illimité pour le budget coquetterie.

Désinvolte, il souriait, rejetant la tête en arrière pour rectifier l'ordonnance de ses boucles sombres.

— Venez, la voiture nous attend.

Le trajet jusqu'à Toussus fut sans histoire. La gorge nouée, la jeune femme était incapable d'articuler une parole. Qu'attendait-elle pour réagir? S'insurger? Le conducteur ne semblait pas s'apercevoir de son changement. Sans doute l'attribuait-il à l'émotion.

— Nous arriverons à Taormine à la nuit tombante. J'ai prévenu Antonia, pour qu'elle nous prépare un souper fin.

Un souper fin! Elle faillit éclater d'un rire nerveux, tant ces détails étaient loin de ses préoccupations.

« Si l'avion pouvait tomber », pensa-t-elle, désabusée. Mourir en plein ciel, s'anéantir, ne plus avoir à supporter cette intolérable souffrance. Sa rancune grandissait, se muait en une colère concentrée, tout en profondeur, mais prête à déferler, exactement comme celle d'un volcan qui crache soudain ses entrailles de feu.

Si vraiment Frank l'avait trompée à ce point, elle se sentait capable de tout. Un ressentiment sans limites fermentait dans son cœur. La chute avait été trop brutale.

Le silence est contagieux. A présent, son compagnon se taisait aussi. Sa gaieté semblait l'avoir abandonné. Marine retrouvait le Frank ombrageux qui lui apparaissait par éclairs, dans un de ces revirements dont il était coutumier. Maintenant, elle s'expliquait aisément ces métamorphoses. Le rôle devait lui peser. Fallait-il mettre ces sautes d'humeur sur le compte du repentir ? Elle en doutait. Un homme capable d'une telle hypocrisie est imperméable à un tel sentiment.

Capable du meilleur comme du pire... Ces paroles éveillaient un écho dans sa mémoire. Elle revoyait le visage tendu de Frank, un soir, quand il avait prononcé ces mots, dont, sur le moment, elle n'avait pas compris le sens.

Il avait été capable du pire.

— Vous n'êtes pas bavarde, aujourd'hui, ma chérie.

— Je vous le répète, Frank, je suis fatiguée.

Comment arrivait-elle à garder son calme, alors qu'elle bouillonnait d'impatience ? Elle ne pouvait tout de même pas exiger une explication dans cette voiture ! Il fallait s'armer de courage, attendre le moment de la confrontation, un face-à-face indispensable, où elle le mettrait au pied du mur, sans témoins, sans nulle échappatoire.

L'avion les attendait.

— Nous irons bientôt à Djerba, où je possède une

petite villa dans les sables. Vous verrez. Avec ses plages
infinies, bordées de palmiers, on se croirait à Tahiti...
Ce sera notre première étape.

Il avait repris son entrain, mais celui-ci semblait un
peu factice. Il y avait une fêlure dans cet enjouement.
Se doutait-il de quelque chose ?

L'avion décolla, troua les nuages, plana dans une
apothéose de lumière. L'angoisse envahit la jeune
femme.

« Peut-être n'aurais-je pas dû m'éloigner... »

Oui, elle aurait pu attendre le départ des invités,
exiger une explication sur place. Mais les circonstances
ne s'y étaient pas prêtées. Tout de suite, Frank l'avait
entraînée et elle lui avait obéi mécaniquement.

A la réflexion, c'était préférable. Il lui fallait un peu
de temps pour remettre ses idées en ordre, prendre une
résolution. Le côté matériel de la situation ne lui
échappait pas. Si Frank avait vraiment agi par vengeance, il n'était pas question de rester avec lui. Mais ils
étaient mariés. Comment résoudre rapidement ce problème ?

Distraitement, elle écoutait son compagnon égrener
des projets, se reprenait à croire à un possible
miracle...

Quand ils arrivèrent à Castel-Mola, la nuit tombait
déjà. Mario les avait accueillis avec son éternel sourire
qui faisait partie de son uniforme.

— Antonia s'est surpassée, signor. J'espère que vous
serez satisfait.

— Laisse-nous, maintenant. Antonia aussi est libre.
Je ferai le service moi-même.

L'instant crucial était venu. Faisant appel à toute sa
bravoure, la jeune femme s'avança vers son mari.
Pendant le voyage, elle avait fini par mettre au point un
plan précis. Au lieu d'accuser en bloc, sous le coup de
l'indignation, il était préférable d'agir par petites
touches, pour confondre le coupable sans équivoque

possible. Car Frank était rusé. Ne l'avait-il pas démontré ?

Mais il avait aussi commis des fautes. Il ne fallait pas lui laisser le temps de se reprendre, d'esquiver certaines questions. Ce soir, elle le pousserait dans ses retranchements, démêlerait les fils de l'intrigue, si pénible soit la vérité.

— Frank, je voudrais vous parler.

Surpris par le ton grave, il cessa de sourire.

— Je suis à vos ordres, ma chérie. Mais ne pouvons-nous discuter en mangeant ? J'avoue que, malgré le lunch, j'ai une faim d'ogre.

« Ce n'est pas le remords qui l'étouffe », pensa-t-elle avec amertume.

— Vous souperez après... si vous avez encore de l'appétit.

Il capta l'ironie, se rapprocha d'elle. L'ombre avait envahi ses yeux.

— Quelque chose ne va pas, Marine ? Je m'en doutais, depuis notre départ. Vous ai-je contrariée involontairement ? Dites-moi tout.

Il avait capturé sa taille, l'attirait vers lui d'un geste caressant.

Sans le vouloir, il lui avait fourni une excellente entrée en matière.

— Oui, je vais tout vous dire, Frank. D'ailleurs, n'est-ce pas la règle, entre époux ? Il est naturel de ne rien se cacher, de n'avoir aucun secret l'un pour l'autre. Qu'en pensez-vous ?

En disant cela, elle l'observait avec acuité. Elle le vit ciller à plusieurs reprises. La voix masculine manquait d'assurance en approuvant :

— C'est également mon avis.

— Pour commencer, je vous parlerai de votre ancien amour. L'avez-vous réellement oublié, Frank ?

Cette fois, il était sur la défensive. On eût dit qu'un ressort intérieur s'était brisé.

— On n'oublie jamais une pareille tragédie, Marine.

— A la longue, le temps efface tout.

Elle marqua une pause. Ils s'observaient comme deux adversaires.

— Cet homme auquel vous faisiez allusion, cet ami, ce rival, lui avez-vous pardonné ?

Il avait fourré les mains au fond de ses poches, pour se donner une contenance. Sa voix s'altéra.

— Est-ce vraiment le moment d'évoquer ces souvenirs ?

— C'est toujours le moment, surtout quand votre avenir en dépend.

— Qu'insinuez-vous ?

Si elle n'avait été soutenue par une volonté de fer, elle aurait eu pitié de lui. La sueur envahissait le front carré, glissait sur les tempes brunes.

— Notre avenir n'a aucun rapport avec le passé ! dit-il nerveusement.

— Croyez-vous ?

Elle continuait à le dévisager, sensible aux moindres nuances, prête à les interpréter.

— Il est vrai que notre rencontre est placée sous le signe du hasard, continua-t-elle sur un ton faussement doux. Car c'est bien un hasard, n'est-ce pas ?

— Pourquoi cette insistance ? Que croyez-vous que ce soit d'autre ?

Il sortit vivement les mains de ses poches, lui saisit les poignets.

— Où voulez-vous en venir ?

Sa voix martelait durement les mots.

— Tout ce que je sais, c'est que nous nous aimons ! Et à partir de ce soir, vous m'appartenez ! Tout le reste n'a plus d'importance !

Un tel accent de sincérité vibrait dans cette affirmation qu'elle faillit renoncer. La tentation d'oublier la révélation de Philippe, d'écarter le cauchemar, de se laisser aller dans les bras de cet homme séduisant, se glissa en elle. Essayer d'être heureuse. Avoir confiance...

Mais le pouvait-elle, avec ce doute affreux qui lui empoisonnerait chaque instant de sa vie ?

Certes, Frank lui avait prouvé son désir. Dans ces moments, il ne trichait pas. Mais le désir n'est pas l'amour.

— Dans quelles circonstances avez-vous connu Tacha ? questionna-t-elle brusquement.

Il tressaillit.

— Comment savez-vous son nom ? Il ne me semble pas vous l'avoir dit.

— On a souvent des absences de ce genre. J'ai eu, moi aussi, des pertes de mémoire, depuis que je vous ai rencontré. Désirez-vous des exemples ? Je peux vous en citer au moins deux.

Elle avait l'impression de traquer un chasseur. Le gibier se retournait contre celui qui l'avait pourchassé.

— Je ne me souvenais pas de vous avoir indiqué le numéro de ma rue, ni de vous avoir parlé de maître Martinot.

Cette fois, il accusa nettement le coup. Elle retrouvait ce visage farouche, où palpitait la flamme noire du regard de gitan. Entre les sourcils, le pli s'était accentué.

— Je déteste les sous-entendus ! Expliquez-vous plus clairement !

Il serrait si fort ses poignets qu'elle se retint de gémir. Des larmes s'accumulaient sous ses paupières, lui brûlant à la fois les yeux et le cœur. Mais elles ne coulaient pas. C'était pire.

— Ne commencez-vous pas à comprendre, Frank ?

— Pas encore ! Je flaire un malentendu.

— Il n'y a pas de malentendu. J'ai vu Philippe, tout à l'heure. Pourquoi m'avoir caché que c'était lui, l'ami soi-disant félon, que vous détestiez ?

— C'était donc cela, proféra-t-il d'une voix sourde,

en relâchant légèrement son étreinte. J'aurais dû m'en douter, devant votre changement d'attitude.

Avec déchirement, elle constatait qu'il ne niait pas. Subitement, elle cessa de ruser. N'était-elle pas amplement édifiée ? Sa colère déferla.

— Oui, c'était cela ! A présent, je connais la vérité ! Depuis le début, vous avez triché, menti ! Notre histoire n'a rien à voir avec le hasard, ce dieu des amoureux dont vous vous faisiez un rempart ! C'est une rencontre truquée ! Une impardonnable traîtrise ! Oserez-vous me soutenir le contraire ?

Comme il ne répondait pas, arborant une attitude de coupable, qui renforçait sa conviction, elle continua, avec une fureur croissante :

— Vous vous êtes bien moqué de moi ! Comme vous avez dû rire de ma sotte crédulité !

— De quoi m'accusez-vous, exactement ?

Les yeux sombres fouillaient les siens.

— Je vous accuse d'avoir provoqué notre rencontre dans le seul but de vous venger de Philippe, de me prendre à lui pour le faire souffrir. Oui ou non ?

Le mot tomba comme un couperet :

— Oui.

Elle eut l'impression qu'un immense mur s'écroulait sur elle. C'était un poids insupportable. Sa désillusion était si intense, si forte sa peine, que son amour se transforma en haine. C'était une meurtrissure de l'âme, inguérissable.

Très vite, Frank rectifia :

— Oui, Marine. Au début, c'est vrai, je n'avais que des projets de vengeance en tête. Ayant appris que Philippe était fiancé, j'ai voulu lui ravir celle qu'il aimait. Je me suis arrangé de la façon que vous savez pour faire votre connaissance. Mais vous m'avez plu tout de suite et je vous ai très vite aimée.

Habile retournement. Valable plaidoirie. Mais elle

avait été trop blessée. Elle ne le croyait plus. Sa confiance était morte.

— Inutile de prolonger la comédie, Frank Morgane. Félicitations. Vous avez gagné. Philippe est très malheureux et je le suis aussi, en prime.

— Voyons, Marine, ce n'est pas sérieux. Oui, j'avoue, j'ai péché par intention. Mais toute la suite de notre aventure est véridique. Je me suis moi-même pris au piège. Vous aurais-je épousée si je n'avais été sincère ?

— Pourquoi pas ? Vous avez voulu aller jusqu'au bout de votre vengeance, mettre l'irréparable entre Philippe et moi. C'est un trait de votre caractère, paraît-il. Vous ne faites rien à moitié !

Il tenta de la reprendre contre lui, mais elle le repoussa avec une sorte d'horreur.

— Ne me touchez pas ! Je ne pourrais le supporter !

Brusquement, il changea d'attitude.

— Ecoutez Marine, je n'ai pas l'habitude de me conduire comme un enfant, ni d'être traité de cette manière. Certes, la rancune m'a aveuglé. Mais elle était justifiée. Et il n'en reste pas moins vrai que je vous aime. Et vous partagez ce sentiment. Osez me soutenir le contraire ?

— Je vous déteste !

— N'est-ce pas un peu la même chose ? dit-il en esquissant un geste conciliant. Allons, un bon mouvement. Oubliez cette petite tricherie. Je vous demande pardon.

Une petite tricherie ! C'est ainsi qu'il qualifiait sa conduite ! Elle se rappelait sa défense de prévenir Philippe, son interdiction formelle de lui dévoiler son identité. Il avait exigé un serment sur ce point. N'était-ce pas la preuve de son machiavélisme ?

— Je vous trouve bien indulgent avec vous-même, persifla-t-elle, vous qui êtes si impitoyable envers les autres.

Un soupçon d'impatience vibra dans la voix de
Frank.

— Assez discuté sur ce sujet, Marine. Je vous ai
demandé pardon, je ne le ferai pas deux fois. Venez...

De nouveau, il avait attrapé son poignet, cherchait à
l'entraîner.

— Où voulez-vous aller ?

— Dans notre chambre. J'ai la fatuité de croire que
mes caresses effaceront ce stupide incident.

— Non ! dit-elle, les dents serrées. Je vous ai déjà dit
que vous ne me toucherez pas !

— J'en ai le droit !

— Un tricheur n'a plus aucun droit !

— Vous oubliez que nous sommes mariés !

Le ton montait.

— Un mariage blanc peut toujours s'annuler.

Soudain, elle n'eut plus devant elle qu'un homme en
proie à une froide détermination. Toute trace de
tendresse avait déserté son visage.

— Pourquoi voulez-vous qu'il soit blanc ? Au
besoin, j'emploierai la force !

Malgré sa résistance, il était parvenu à lui faire
franchir une porte et Marine se retrouva dans la plus
ravissante pièce qu'elle ait jamais vue. Le lit était tendu
de soie bleu pâle, de la couleur exacte de ses yeux. Des
rideaux assortis voilaient la fenêtre. Une épaisse four-
rure blanche tapissait le sol. Des lampes judicieusement
réparties diffusaient une douce intimité.

Elle sentit qu'il l'attirait vers le lit, pour la faire
basculer. En un éclair, elle se vit vaincue.

Une bouche se colla à la sienne, éveillant son désir.
Toutes les fibres sensibles de son corps vibraient.
C'était un étrange paradoxe que sa chair soumise et son
cœur révolté. Elle ressentait un plaisir intense, presque
douloureux, entre ces bras vigoureux, sous ces lèvres
expertes, en même temps qu'une espèce de rejet, de

rancune haineuse. Deux sentiments contradictoires luttaient en elle, la laissant pantelante et déchirée.

Dans son esprit enfiévré, elle cherchait désespérément le moyen d'échapper à l'étreinte, de faire lâcher prise à ces mains à la fois brutales et douces qui parcouraient savamment son corps.

Dans la lutte, son corsage s'était déchiré. La coiffure bouclée, en hauteur, qu'elle avait adoptée pour la cérémonie, n'était plus qu'un souvenir. Ses cheveux emmêlés flottaient sur ses épaules, rayaient son visage, comme les fêlures d'un marbre.

— Je t'aime... haleta Frank en la renversant sur le lit.

Le torse dur broyait sa poitrine. Une main fiévreuse écarta les mèches mordorées et le baiser fut plus appuyé encore que les précédents. Elle éprouva la sensation qu'on lui versait de force un liquide magique entre les lèvres. Une plainte sourde lui échappa. Déjà, un genou la forçait à desserrer les jambes. Une faiblesse l'envahit. C'était une impression déjà ressentie depuis qu'elle connaissait Frank : celle de côtoyer un abîme. L'appel d'un engloutissement voluptueux, proche de l'extase. Allait-elle y sombrer ?

— Tu m'appartiens !

Pourquoi ces mots, prononcés d'un ton conquérant, ranimèrent-ils son courroux ?

Pour elle, ils signifiaient : tu n'appartiens pas à Philippe ! Je t'ai arrachée à lui. Je lui rends la pareille. Œil pour œil, dent pour dent !

Oui, elle en était certaine, c'était le prolongement de sa pensée. Il n'avait que la vengeance en tête !

En cet instant, si elle avait eu une arme à portée de la main, elle s'en serait servie. Elle se sentait capable de le tuer. Comment se soustraire à cette possession imminente que tout son corps réclamait à présent ? Elle entrevit un asservissement pire que sa désillusion. Un plaisir physique, auquel ne correspondrait pas l'entente des cœurs ; elle ne pourrait l'accepter ! Et jamais elle ne pourrait pardonner les mensonges, oublier la machination dont elle avait été l'innocent enjeu.

— Tu n'appartiendras à personne d'autre ! Car tu m'aimes aussi !

Ces paroles, balbutiées d'une voix rauque, lui suggérèrent une arme efficace. En proie à la panique, elle la saisit au vol, sans en mesurer les conséquences.

— Je vous hais !

— Je ne te crois pas.

— Si ! C'est Philippe que j'aime !

Il suspendit son geste. Son regard étincelant sonda les prunelles bleues où il ne parvenait pas à discerner la part de vérité et d'exaltation.

— Vous mentez, dit-il sourdement. Pourquoi auriez-vous accepté de m'épouser, si vous en aviez aimé un autre ?

Dans un duel, la victoire appartient à celui qui donne le dernier coup. Celui qui achève. Des images défilèrent dans la mémoire éperdue de la jeune femme. L'usine… La Jaguar… Le superbe appartement de l'avenue Foch… Le hangar aux avions… Qu'avait-donc dit Frank, à ce sujet ? Il avait énoncé une somme astronomique qu'elle n'avait même pas retenue. Tout cela lui était bien indifférent. Mais, ce soir, elle n'avait qu'une idée en tête : le meurtrir, l'humilier, le faire souffrir à son tour, comme elle souffrait, elle, par sa faute !

L'orgueil est le pire ennemi de l'amour. Guidée par cette blessure toute fraîche que la désillusion lui avait infligée, elle trouva la réplique.

— Pourquoi ? Pour votre fortune !

Une seconde, elle regretta ce mensonge. Frank donnait l'impression d'un homme touché à mort. Ses yeux flamboyèrent. Peu à peu, ses mains se détachaient de leur proie. Il arborait un visage sombre et dur, où brillait une lueur ironique.

— Alors, dans ce cas, nous sommes quittes, prononça-t-il froidement. J'ai agi par vengeance, et vous par intérêt. Belle union que la nôtre !

Il éclata d'un rire qui la glaça.

— Oui, quel couple bien assorti ! Nous nous valons. Mais il y a tout de même une légère différence entre nous. Ne la voyez-vous pas ?

Comme elle restait muette, figée par l'effroi, il continua sur le même ton :

— Moi, j'ai atteint mon but, car je suis bien vengé : Philippe souffre. Mais pour vous, le calcul est mauvais, car vous ne profiterez pas de ma fortune.

Ces étranges propos lui redonnèrent un peu de combativité. Elle se redressa sur un coude.

— Et pourquoi, je vous prie ? C'est à moi de vous rappeler à présent que nous sommes mariés.

— Un titre qui ne vous donne aucun droit ! J'ai des projets pour vous.

— Puis-je les connaître ?

Elle adoptait une attitude railleuse pour cacher sa peine. Sa tête était en feu. Elle ne se reconnaissait plus.

— Parfaitement. Dès que possible, ma chère épouse, je vous emmène faire ce voyage de noces que je vous ai promis. Il y aura seulement un petit changement dans l'itinéraire. Nous nous arrêterons à la première escale et je vous y laisserai.

— Où cela ?

Elle s'efforçait de cacher son inquiétude.

— A Djerba. Dans une maison perdue au milieu des sables. Vous aurez tout loisir pour y méditer sur les avantages et les inconvénients d'avoir épousé un milliardaire.

— Je m'enfuirai !

— Cela m'étonnerait beaucoup, car j'ai sur place un vigilant gardien qui m'est tout dévoué et qui saura vous en empêcher. Il veillera sur vous nuit et jour, soyez tranquille.

La colère de la jeune femme se ranima.

— Vous n'avez pas le droit de me séquestrer ! Au besoin, j'avertirai la police !

Il fit entendre ce rire ironique qui la souffletait pire qu'un coup.

— On ne séquestre pas la femme qu'on aime, voyons ! Qui vous croirait ? On la protège, malgré elle.

— Faites-moi passer pour folle, pendant que vous y êtes !

— Vous me suggérez là une excellente idée. Je n'y avais pas pensé.

— Il existe heureusement des médecins !

— Oh ! La frontière est mince, entre la raison et la folie. Mais je ne crois pas en être réduit à cette extrémité. Il me suffira de prétendre que vous êtes souffrante, tout au moins très fatiguée. Les gens se contenteront de cette explication. D'ailleurs, ils ne sont pas curieux, là-bas.

Elle récupérait difficilement son sang-froid. Surtout, ne pas se laisser aller à la panique. Lutter à armes égales.

— Et vous vous imaginez que je vais vous suivre ?

— C'est le devoir d'une bonne épouse, ma chère. De toute façon, je trouverai bien un moyen pour vous y contraindre.

— Je ne me laisserai pas faire !

— Je serais curieux de savoir comment.

— J'alerterai du monde !

— Qui ?

— Ma sœur, Philippe ! Je les appellerai à mon secours.

— Pour vous couvrir de ridicule ? Que leur explique-rez-vous ? Que vous avez fait un mauvais calcul ? Que faites-vous de votre fierté ? Mais n'ayez aucune crainte à ce sujet. Je les avertirai moi-même, à ma façon et en temps voulu.

Ses traits demeuraient impassibles, mais son regard sombre luisait d'un insoutenable éclat.

Il remua les épaules.

— Après tout, une situation nette est préférable aux mensonges. Sur ce point, vous aviez raison. Nous aurions vécu dans l'hypocrisie, nous trompant mutuellement. Mieux vaut avoir dévoilé nos véritables sentiments.

Impossible de rien lire sur son visage impénétrable.

Désespérée, elle considérait cet inconnu qui était devenu son mari, cet inconnu en qui elle avait eu confiance, qu'elle avait passionnément aimé.

« On n'aime pas aussi vite », avait dit Hélène. Cette opinion la poursuivait. Sa sœur avait été plus clairvoyante. Tout s'était enchaîné trop vite, comme un scénario parfaitement mis au point. Comment n'avait-elle pas flairé le piège ? Hélas ! Il était trop tard. C'était un irrémédiable gâchis.

Elle sentit qu'il l'observait, les yeux rétrécis, à la manière, jugea-t-elle, d'un fauve qui hésite à achever sa proie.

— A quoi pensez-vous ? lui demanda-t-il avec brusquerie.

— A la meilleure façon de sortir de ce piège où vous m'avez fait tomber.

— Rectification : où vous vous êtes jetée tête baissée. Désolé pour vous. L'appât du gain vous aura perdue. On est toujours puni par où l'on a péché.

— Appliquez ce proverbe à votre cas.

— Disons que nous sommes à égalité.

Comment le contredire ? Son mensonge se retournait contre elle. L'orgueil lui avait dicté ce prétexte insensé, à présent elle ne pouvait plus revendiquer le rôle de victime. Mais il valait mieux passer pour une intrigante que pour une idiote.

— Je vous dispense de vos leçons de morale. Gardez-les pour vous, car vous en avez le plus grand besoin.

Ils ne pensaient qu'à se meurtrir, à se déchirer. C'était à qui frapperait le plus fort, à l'endroit le plus vulnérable. Leurs orgueils s'affrontaient, comparables au choc de deux silex, produisant des étincelles.

Tout à coup, Marine était épuisée. Trop d'émotions diverses l'avaient secouée. Elle ferma les yeux, déroba son visage à l'aide de son coude replié.

— Laissez-moi, maintenant, dit-elle avec lassitude.

Le poids de Frank cessa de peser sur elle. C'était comparable à un abandon. Une rupture qui la laissait seule et désarmée.

Sans un mot, il quitta la chambre. Elle entendit la clé tourner dans la serrure.

CHAPITRE VI

ASSOMMÉE par le chagrin, Marine tomba dans un sommeil de plomb, traversé de cauchemars. Quand elle se réveilla, elle constata qu'elle avait dormi avec ses vêtements, sans même se glisser dans les draps.

Elle se leva pour aller se contempler dans un miroir, vit sa toilette déchirée, chiffonnée, et son visage blanc encadré d'une chevelure en désordre. Machinalement, elle passa une main sur ses joues, qui gardaient la trace argentée des larmes. Des cernes mauves soulignaient ses yeux.

Les rideaux n'étaient pas tirés. Un gai soleil illuminait la chambre. La nature était indifférente à sa peine. S'approchant de la fenêtre, elle regarda avec tristesse ce paysage qu'elle avait tant admiré et qui allait devenir le décor de sa prison. Elle avait pensé ce dernier mot et cela la fit réagir. Non ! Elle ne se laisserait pas traiter comme une esclave ! Elle trouverait bien un moyen de prévenir Hélène, de revenir en France ! A présent, elle regrettait amèrement son imprudence. Jamais elle n'aurait dû quitter Paris.

Elle revint s'asseoir sur le bord du lit, se mit à réfléchir sérieusement à la situation. Il fallait tout envisager. Mais elle ne s'illusionnait pas. Son rêve s'était écroulé. Jusqu'à la dernière seconde, elle avait

espéré un miracle qui n'avait pas eu lieu. Au début,
Frank avait tenté de nier, puis il avait fini par convenir
de sa fourberie.

Un sourire amer glissa sur ses lèvres. Dans cette
aventure, la vengeance avait la vedette. Frank avait
commencé, mais elle avait eu le dernier mot. A
présent, il était persuadé qu'elle ne l'avait épousé que
pour son argent. Quelle importance ? Au moins s'était-
elle attribué le beau rôle. Il l'avait prise pour une sotte,
elle lui avait démontré le contraire.

Evidemment, cette invention se retournait contre
elle. Que faire ? Les idées les plus contradictoires
s'entrechoquaient dans sa tête quand on frappa à sa
porte.

Etait-ce Frank ? Un élan l'arracha à sa prostration.
Son cœur s'affola. Le revoir en cet instant était presque
au-dessus de ses forces.

— Entrez, dit-elle d'une voix tremblante.

Il y eut un bruit de clé. La porte s'ouvrit. Ce n'était
pas Frank, mais une grosse femme brune et souriante
dont la taille était ceinte d'un tablier blanc.

— Je vous apporte le petit déjeuner, signora.

« Le repas du prisonnier », nota Marine, humiliée.

Elle devina que la femme était Antonia, l'épouse de
Mario. Ne pourrait-elle s'en faire une alliée ? Antonia
paraissait gentille et n'était certainement pas douée
d'une grande intelligence.

— Je vous remercie. Posez le plateau sur la table.

Frank avait-il donné des consignes à ses domestiques ? Antonia ne semblait pas étonnée de voir la jeune
femme tout habillée, décoiffée, le lit à peine défait.

— Où est le téléphone ? Je voudrais appeler ma sœur
en France.

— Le téléphone est en dérangement, signora.

Evidemment. Frank avait tout prévu. Quelle fable
avait-il servie à la cuisinière et à son chauffeur ?

— Pour longtemps ?

— Je ne sais pas, signora.

« Je perds mon temps, avec une pareille bûche ! » ragea intérieurement la jeune femme.

Ecrire une lettre à Hélène ? Mais qui la posterait ? Et pour lui dire quoi, exactement ? Elle ne pouvait pas lui exposer la situation avec impartialité. De plus, son amour-propre s'insurgeait. Enfin, Hélène était trop jeune pour comprendre. Seul Philippe... Oui, c'était Philippe la solution. Il était son confident, il deviendrait son sauveur ! Il fallait à tout prix le joindre. N'avait-il pas promis de demeurer son ami, de l'aider en toutes circonstances ? Il était au courant de tout.

Restait le même problème. Lui faire parvenir son message. Par avance, elle savait ne pas pouvoir compter sur les domestiques.

« Il me reste la bouteille à la mer, comme une naufragée », pensa-t-elle avec une ironie désabusée.

Mais peut-être trouverait-elle la possibilité de sortir ?

D'une voix qu'elle eut du mérite à rendre naturelle, elle questionna :

— Où est monsieur ?

— Le signor est parti de bonne heure, ce matin.

Marine tressaillit. L'absence de Frank lui donnait une chance, car Antonia était certainement facile à abuser.

— A-t-il dit quand il reviendrait ?

— Ce soir, pour dîner, signora.

Marine s'abîma dans de profondes réflexions. C'est à peine si elle discerna le bruit menu du verrou. Oui, Antonia avait reçu des ordres. On la traitait comme une prisonnière. Cette constatation, au lieu d'achever de la démoraliser, fouetta son énergie. Elle mangea son petit déjeuner, sans grand appétit, mais pour garder ses forces. Elle en aurait besoin. Ensuite, elle passa dans la salle de bains, et, se détendant les nerfs dans l'eau parfumée, se mit à échafauder des plans d'évasion. Certes, elle se heurtait à des difficultés. Tout d'abord,

elle ne connaissait pas les lieux. Elle était sans appui,
sans relations, dans une ville inconnue dont elle parlait
à peine la langue. Mais elle ne manquait pas de
ressources et elle n'était pas au bout du monde ! Il lui
suffisait de quitter cette maison où elle n'aurait jamais
dû pénétrer et de trouver un moyen de transport pour
se faire conduire à l'aéroport. Là, une nouvelle difficulté surgissait. L'argent. Combien possédait-elle ?

Ruisselante, elle s'enveloppa dans un peignoir en
tissu éponge et se précipita vers son sac. Il ne contenait
que quelques coupures, bien insuffisantes pour se payer
un billet d'avion. Comment résoudre ce problème
matériel ?

Lumineuse, la solution lui apparut : elle était dans
une île. Le bateau devait coûter infiniment moins cher
et elle n'était pas obligée d'aller jusqu'à Paris, pour la
première étape. Tout ce qui importait, c'était de quitter
Taormine. Posément, elle fit le compte des billets. Oui,
à première estimation, elle pouvait envisager un voyage
par mer. Cette constatation apaisa un peu son esprit
survolté. Il ne lui restait plus, profitant de l'absence de
Frank, qu'à tromper la vigilance des domestiques, ce
qui, à première vue, lui paraissait réalisable.

Une idée lui vint. Puisque la porte était verrouillée,
une autre issue se présentait : la fenêtre. Elle s'y
dirigea, mais s'en écarta, déçue. La pente se révélait
trop abrupte. Une véritable citadelle, qui évoquait les
contes de son enfance. La belle princesse prisonnière
d'un cruel seigneur. Qui viendrait la délivrer ?

Elle pensa à Philippe. L'image du jeune homme
demeurait floue. Un ami... Oui, l'amitié était le sentiment qu'elle éprouvait pour lui. Quant à Frank...

Oh ! Comme elle le haïssait ! Dès le premier jour, il
l'avait trompée ! Il avait mûri sa vengeance, s'était servi
d'une innocente, l'avait traquée comme un gibier ! Elle
ne voulait même plus se souvenir de ce qu'il avait
invoqué pour sa défense : qu'il était tout de suite tombé

amoureux d'elle. Elle ne le croyait plus. D'ailleurs, ne s'était-il pas contredit, à la fin de leur âpre affrontement ? Elle se rappelait ses paroles : nous sommes quittes. J'ai agi par vengeance, et vous par intérêt.

Ses larmes se remirent à couler. Avec douleur, elle pensait à leurs premiers baisers, à leurs tendres tête-à-tête. Comme il savait bien mentir... Mentait-il encore, en lui demandant pardon ? Qu'espérait-il, après avoir été confondu ? Qu'elle allait tomber dans ses bras ? Succomber à sa séduction ?

Frank n'était pas homme à se résigner. Il reviendrait à la charge, elle en était certaine. Quelles étaient ses intentions, en ce qui concernait leur avenir ? Ses derniers propos l'avaient inquiétée. Que signifiait cet exil, en guise de voyage de noces ? Frank avait-il perdu la raison ?

Toutes ces questions s'entremêlaient dans son esprit. Elle pleura longtemps. Il lui semblait que son chagrin ne cesserait jamais de s'écouler, comme le sang d'une blessure toujours ouverte. Elle sursauta quand la porte s'ouvrit.

— Je viens chercher le plateau, signora.

Antonia conservait une figure impassible, comme si elle ne remarquait rien. Une inertie qui exaspéra la jeune femme.

— Je désire mettre au point certains détails ménagers avec vous, dit-elle avec une autorité destinée à impressionner la cuisinière. Je vous rejoindrai dès que j'aurai terminé ma toilette.

C'était un ballon d'essai. Il s'avéra positif.

— Je suis à votre disposition, signora.

Cette fois, Antonia ne verrouilla pas la porte.

Marine s'habilla à la hâte, soucieuse de ne pas perdre un temps précieux. Si elle voulait s'enfuir, il fallait faire vite, avant le retour de Frank.

Elle quitta sa chambre, se précipita dans le hall, mania nerveusement la serrure de la porte d'entrée. Un soupir de découragement lui échappa. On avait seulement agrandi sa cage, sans pour autant lui permettre de la quitter. Elle vérifia. Toutes les issues étaient soigneusement closes. Elle n'allait tout de même pas s'abaisser à demander des explications aux domestiques ! Il fallait se résigner. Aujourd'hui, elle ne pouvait rien tenter.

« Une évasion se prépare minutieusement », songeat-elle, pour se consoler. Il était indispensable d'adopter un plan de conduite, si elle voulait réussir. Tout d'abord, endormir la méfiance de Frank, afin qu'il relâche sa surveillance. Ensuite, fouiller partout, même dans ses poches, pour s'approprier les clés de la liberté, et profiter d'une de ses absences pour lui fausser compagnie. Un programme qui n'était pas irréalisable.

Pourquoi Frank s'acharnait-il à la garder ? La réponse était hélas facile : pour qu'elle n'aille pas retrouver Philippe. Il voulait, coûte que coûte, aller jusqu'au bout de sa vengeance.

« Mais je réussirai à m'enfuir », pensa farouchement la jeune femme.

CHAPITRE VII

L<small>E</small> crépuscule envelop-
pait la montagne d'un voile mauve quand Frank rentra.
Il n'était pas seul. Dans la femme qui l'accompagnait,
Marine reconnut avec stupeur la rousse secrétaire.

— J'ai amené Evelyne avec moi. Vous vous connaissez déjà... présenta Frank avec désinvolture.

Marine tendit une main réticente. La secrétaire
esquissa un sourire de commande. Aucune sympathie
entre les deux femmes.

— Nous allons dîner tout de suite. Prévenez Antonia. Qu'elle prépare également la chambre d'ami.

Il parlait comme si rien ne s'était passé, d'un ton
posé, sans amabilité particulière, mais sans sécheresse.

Frémissante de rage, mais ne voulant à aucun prix le
laisser paraître, Marine réussit à surmonter son
désarroi.

Elle obéit donc aux ordres de son mari, la révolte au
cœur mais le sourire aux lèvres. Surtout, ne pas se
trouver en état d'infériorité devant l'autre femme !

Elle avait passé sa journée à ruminer une éclatante
revanche. Pour endormir les soupçons d'Antonia et de
Mario, elle avait feint de s'intéresser à la bonne marche
de la maison. Quelle fable Frank avait-il servi à ses
domestiques ?

Le repas fut guindé, malgré les efforts de Frank pour

animer la conversation. Il parla surtout métier, domaine d'où Marine se sentait exclue. Sans en avoir l'air, elle surveillait l'indésirable invitée, dont les mines et la coquetterie l'horripilaient.

« Une secrétaire essaye toujours de séduire son patron, c'est classique... '

A la fin du repas, ils allèrent fumer une cigarette sur la terrasse. Frank conservait une attitude enjouée qui contrastait avec l'esprit en ébullition de la jeune femme.

« Il se croit le plus fort, mais je lui échapperai ! »

— Cette vue est vraiment magnifique, murmura Evelyne. Je vous envie, madame Morgane, d'habiter un si beau pays. Comptez-vous vous y fixer définitivement ?

— J'espère revenir bientôt en France, répliqua Marine avec ironie.

— N'oubliez pas notre voyage de noces, ma chérie, intervint Frank. Le temps de régler quelques détails et nous partirons.

Le sombre regard s'attachait au sien, comme un défi. Elle refusa de baisser les yeux. Entre eux, le duel était déclaré. C'était à celui qui dominerait l'autre. La rébellion animait la jeune femme.

« S'il espère m'emmener de force, il se trompe ! »

— Ne craignez-vous pas que cette absence nuise à vos affaires ? persifla-t-elle.

Il se mit à rire.

« On dirait un loup », jugea Marine ulcérée.

— Je vous ai dit un jour que nul n'était indispensable.

Ce rappel de leur entente passée lui fut douloureux.

— Et puis je peux faire confiance à Vercel, ajouta-t-il.

La confiance... Encore un mot qui l'écorchait. Un sentiment qu'elle n'éprouverait plus jamais, pour personne ! Mais non, elle était injuste. Philippe, lui, était incapable de fourberie.

Là-bas, dans un lointain brumeux, l'Etna profilait son imposante masse. Marine souhaita un réveil brutal du volcan. Elle imaginait un engloutissement total, des fleuves de lave en fusion déferlant sur la montagne, ensevelissant tout sur leur passage, même et surtout les chagrins...

Frank s'inclina courtoisement.

— Excusez-moi de vous avoir imposé ce voyage, Evelyne. Mais j'avais besoin de vous et je ne voulais pas laisser ma femme seule trop longtemps. Je vous rendrai bientôt votre liberté. Bonne nuit.

— Je suis ravie de cette escapade, monsieur Morgane, minauda la secrétaire. Elle m'a permis de contempler un site extraordinaire. Je comprends que vous vous y plaisiez.

Après avoir débarrassé la table, Antonia avait disparu. L'instant délicat était venu. A nouveau, ils étaient seuls. Mais ne s'étaient-ils pas tout dit ? Vidés de leur fureur, il ne leur restait plus qu'une froide rancune.

— Bonsoir, dit sèchement la jeune femme en se dirigeant vers sa chambre.

Un bras la retint.

— Attendez un instant. Etes-vous si pressée ?

— Nous n'avons plus rien à nous dire.

— Erreur. Nous n'avons pas épuisé tous les sujets.

Qu'avait-il encore trouvé pour la blesser ? Méfiante, elle attendait la suite.

Posément, il prit le temps d'allumer une cigarette, chassa la fumée d'un geste rapide.

— J'ai réfléchi. Je déteste faire un marché de dupe.

— Qu'entendez-vous par là ?

Inquiète, ne voulant pas le laisser paraître, elle se tenait sur ses gardes, le fixant de ses larges prunelles bleues qui avaient conservé leur luminosité.

— Soit. Vous m'avez épousé par intérêt, ne revenons pas là-dessus. Je serai beau joueur. Entre parenthèses, sur le plan de la comédie, vous me valez largement. Je me suis laissé prendre à vos airs de sainte Nitouche.

Il inspira profondément, rejeta un peu la tête en arrière.

— Dans ces conditions, j'ai été lésé. Il est donc juste que je profite d'une compensation.

— Profiter de quoi ? sursauta-t-elle, interloquée.

— De vous.

— Et de quelle façon, je vous prie ?

Elle refusait de comprendre.

— De la façon la plus logique qui soit. Vous êtes ma femme et j'ai des droits sur vous. J'entends les faire valoir.

— Je vous ai déjà dit que vous n'aviez plus aucun droit ! se rebiffa-t-elle en reculant, pour mettre une certaine distance entre eux.

— Parce que nous n'avons pas fait un mariage d'amour ? Baliverne. Tant de couples sont dans ce cas. Vous êtes belle et je vous désire.

— Vous êtes d'un cynisme monstrueux !

— C'est le contraire qui le serait. Quoi de plus normal pour un mari que de désirer sa femme ?

— Vous oubliez dans quelles conditions a eu lieu notre union, fondée sur une tricherie !

— Je n'oublie rien du tout. Nous sommes mariés le plus légalement du monde. Je vous signale en passant que vous étiez ravissante dans votre toilette blanche.

— Comment pouvez-vous parler ainsi en sachant que j'en aime un autre ?

— Entre mes bras, vous l'oublierez.

— Quelle fatuité !

— On ne s'attache pas à une ombre. Le souvenir ne vaut pas l'étreinte. Jamais vous ne serez à Philippe ! Vous m'entendez ? Jamais !

Il avait perdu son calme de surface, la violence lui sculptait un masque dur. Fallait-il que sa haine soit

puissante envers son ancien ami. A quel autre sentiment attribuer sa fureur ?

— Je ne vous aime pas !

— Je saurai me contenter de la possession. Allons,
venez !

Il tenta de l'entraîner, mais elle se débattit sauvage-
ment.

— Allez donc plutôt frapper à la porte de votre
secrétaire ! Je suis sûre qu'elle vous accueillera avec
joie ! Elle ne demande que cela !

Une étincelle fauve s'alluma dans les sombres profondeurs de l'iris. Il suspendit le geste qu'il s'apprêtait à
faire vers la jeune femme affolée.

— Jalouse ?

Le teint de Marine s'empourpra.

— Pas du tout ! Mais je... je ne veux pas être
ridiculisée.

— C'est pourtant vous qui vouliez me pousser dans
les bras de cette fille. Quoi qu'il en soit, rassurez-vous,
entre Evelyne et moi, il n'y a que des rapports profes-
sionnels. Rien qui puisse nuire à votre honorabilité !

Il employait un ton moqueur qui porta le comble à
l'irritation de la jeune femme.

— Que devrais-je dire, moi, poursuivit-il sur le
même ton. J'aurais de quoi me plaindre. Vous ne cessez
de proclamer votre attachement pour un autre !

— Quelle importance, puisque vous n'êtes pas
jaloux ! Vous n'êtes préoccupé que de votre vengeance ! Seul, cela compte à vos yeux : faire souffrir un
homme qui ne le mérite pas !

— Parce que vous lui donnez raison ? Vous trouvez
qu'il a bien agi, autrefois, en me trahissant ?

Marine fut sur le point de révéler la vérité. Mais ce
secret ne lui appartenait pas. Philippe était seul juge.
En son âme et conscience, par délicatesse envers
Tacha, il n'avait pas voulu salir sa mémoire. Peut-être
même avait-il pensé que la désillusion de Frank serait

pire en apprenant la conduite de la femme aimée que la
perfidie d'un ami. La décision de rétablir les faits ne
dépendait que de Philippe. Elle n'avait pas le droit d'en
disposer.

— Le passé est le passé, se contenta-t-elle de mur-
murer, avec une soudaine lassitude.

— Et le présent est là, qui doit uniquement nous
préoccuper. D'accord. Alors, cessez de regimber et
suivez-moi.

— Faudra-t-il que je crie ? Que j'ameute toute la
maisonnée, pour que vous me lâchiez ?

— Essayez un peu, pour voir ! Mais je sais que vous
ne ferez rien de tel. Vous êtes bien trop fière pour vous
donner en spectacle. Imaginez-vous le scandale devant
les domestiques ?

— Les domestiques, repartit Marine d'une voix
méprisante, doivent être au courant de bien des choses.
N'ont-ils pas reçu des ordres de votre part ? Antonia
m'a enfermée dans ma chambre et la porte d'entrée est
verrouillée.

— Chercheriez-vous à fuir ? rétorqua-t-il, sans
répondre directement.

Elle jugea plus diplomate de ne pas s'étendre sur ce
sujet. Mieux valait égarer les soupçons de l'ennemi.

— Je ne cherche qu'à reconquérir légalement ma
liberté.

— Et moi je vous répète que je ne vous l'accorderai
pas !

Il s'était rapproché et Marine ne pouvait plus lui
échapper, car son dos avait rencontré le mur. Il appuya
les mains de part et d'autre de ses épaules, pour
l'encadrer. Elle avait l'impression d'être un oiseau
capturé.

Les mains se rapprochèrent, l'enserrèrent comme
pour la broyer. Un visage se pencha vers le sien, et elle
fut contrainte de subir le baiser. C'était un étrange
supplice, que cette lutte entre l'âme et le corps. Un

mélange de torture et de volupté. En un éclair, elle fut
consciente de la réalité. Frank était toujours l'enchanteur qui avait su éveiller ses sens. Toute sa chair
frémissait à son contact. Tout son être réclamait
l'étreinte. Et pourtant, elle le détestait ! Pour la ruse
dont il s'était rendu coupable, pour ses mensonges, son
impardonnable tromperie !

Peut-on aimer et haïr en même temps ? C'était une
affolante dualité. Elle aurait voulu lui cacher cette
emprise sensuelle qu'il avait sur elle, et résistait de
toute sa volonté. Mais, peu à peu, elle cédait. Un
gémissement lui échappa. Elle se sentit faible et vaincue.

Curieusement, au lieu de profiter de son avantage,
Frank suspendit ses caresses. Ses mains glissèrent le
long du jeune corps souple, effleurant les seins sans s'y
attarder. Un regard inquisiteur plongea dans les prunelles bleues de la jeune femme frissonnante.

— Ne croyez pas m'attendrir en faisant semblant
d'éprouver du plaisir, martela-t-il d'une voix changée.
Mes décisions restent les mêmes en ce qui vous
concerne. Je vous condamne à l'exil et vous ne profiterez pas de ma fortune !

Dégrisée, elle devint écarlate. Le mobile dont il la
soupçonnait l'humiliait plus que tout.

L'orgueil cinglé, elle répliqua :

— Je n'emploie pas vos méthodes et l'hypocrisie
n'est pas mon domaine !

— Dans ce cas, vous étiez sincère ?

Emportée par son ressentiment, elle ignora l'accent
nouveau qui comportait une part de douceur inquiète.

— Ne soyez pas vaniteux ! N'importe quelle femme
aurait eu les mêmes réactions entre les bras de n'importe quel homme !

— Vous auriez tout de même préféré que ce soit
Philippe ! Avouez-le donc !

— En effet. Mais ce bonheur n'est que différé.
Bientôt je serai près de lui.

— Non ! Jamais !

Dressés l'un contre l'autre, pareils à deux chats en colère, de nouveau ils sortaient leurs griffes.

— Je vous laisse, dit-il avec brusquerie. Mais je ne vous épargne pas pour autant. Ne vous bercez pas d'illusions. Vous m'avez abusé, avec vos airs angéliques, et je vous le ferai payer très cher.

L'âme en tempête, la peau encore brûlante des caresses inachevées, Marine regagna sa chambre.

Le bruit sec du verrou acheva de l'exaspérer.

CHAPITRE VIII

Aprés une nuit agitée, la résolution de Marine s'était encore affermie. Elle mettrait tout en œuvre pour s'échapper, quitter Frank, ne plus le revoir, jamais.

Elle refusait de convenir qu'à cette pensée, une peine intolérable l'envahissait.

Antonia vint la prévenir qu'on l'attendait pour prendre le petit déjeuner sur la terrasse. Elle s'habilla avec soin, lissa longuement sa chevelure. Elle avait renoncé au chignon sévère et se rappelait l'instant où Frank l'avait décoiffée, ses doigts habiles faisant mousser une frange sur son front. En ce temps-là, qui n'était pas si lointain, elle croyait à son amour.

Enfin prête, après un dernier regard au miroir, elle quitta sa chambre. Pourquoi cette coquetterie matinale ? Elle ne voulait pas paraître fade à côté de la belle rousse. Frank avait dû faire des comparaisons. Qui sait ? Malgré ses dénégations, peut-être courtisait-il Evelyne ? On ne pouvait pas se fier à lui.

Frank et sa secrétaire se trouvaient déjà sur la terrasse, ombragée d'un parasol de teinte vive.

— Nous vous attendions, ma chérie. Quel temps superbe. Une journée qui s'annonce bien...

Elle l'aurait volontiers giflé. Mais sur un point au

moins il avait raison : la dignité lui interdisait d'exposer leur mésentente devant des étrangers.

Après le petit déjeuner, Frank annonça qu'il avait du travail.

— J'espère que vous ne vous ennuierez pas si je vous abandonne, ma chérie. J'accapare Mlle Corat jusqu'à midi. Reposez-vous, organisez le déjeuner avec Antonia, et surtout préparez vos affaires pour notre voyage. J'ai l'intention de partir dès demain. Qu'en pensez-vous ?

Elle grimaça un sourire.

— C'est une excellente idée.

Intérieurement, elle rageait. Si elle voulait fuir il fallait faire vite. Elle n'avait plus le choix. Demain il serait trop tard. A tout prix, éviter ce voyage qui lui interdirait tout secours, l'éloignerait davantage des siens. Frank l'avait menacée d'un exil. Se prenait-il pour un sultan, qui enferme ses femmes dans un harem ?

Elle le vit se diriger vers son bureau, suivi d'Evelyne, qui adoptait une démarche ondulante.

« Une vraie vamp ! » nota-t-elle, dépitée.

Restée seule, elle envisagea diverses solutions. Elle ne devait pas laisser passer une si belle occasion. Antonia était occupée dans sa cuisine. Mario était parti faire les commissions, ou astiquer la voiture. Le temps pressait. Sans grand espoir, elle tenta d'ouvrir la porte, qui bien entendu résista. Où Frank pouvait-il avoir caché la clé ?

Tout à coup, elle aperçut sa veste, qu'il avait négligemment posée sur le dossier d'une chaise. Son cœur s'emballa. Frank, si méfiant, avait-il oublié cette élémentaire précaution ? Une chance sur cent de trouver ce qu'elle cherchait, mais il fallait essayer.

Avec des mines de voleuse, elle fouilla dans les poches extérieures, ne découvrit qu'un briquet plat et un paquet de cigarettes entamé. Poursuivant ses inves-

tigations, elle sentit soudain sous ses doigts un petit
objet dur, glissé dans le gousset. Une clé ! Mais était-ce
la bonne ?

Sa main tremblante s'énerva sur la serrure, qui céda
sans difficulté. Un vertige la prit. Libre ! Elle était
libre ! Sans perdre un instant, elle alla chercher son sac
qui contenait son modeste avoir, ne s'attarda pas à
prendre une valise dont elle n'avait que faire et qui
risquait de l'encombrer. A chaque seconde, elle craignait de voir surgir un obstacle.

Elle se sentait des ailes aux talons. Son cœur continuait à battre à grands coups désordonnés. Le chemin
s'allongeait devant elle, sinueux. Quelle direction prendre ? Frank lui avait parlé d'un téléphérique, mais elle
ne connaissait pas le pays. Il était préférable de tenter
sa chance sur la route. Elle s'y engagea donc, se mit à
courir, n'ayant qu'une idée en tête : s'éloigner rapidement, ne pas être rattrapée, mettre le plus de distance
possible entre elle et son mari.

Essoufflée, elle courait à perdre haleine, avec l'affreuse impression qu'on avait lâché une meute à ses
trousses, quand elle aperçut une voiture. D'un élan,
elle se jeta devant le capot, dressant le pouce, à la façon
des auto-stoppeurs. La voiture s'arrêta. Elle était
occupée par quatre jeunes gens, dont l'un lui adressa un
sourire engageant.

— Montez ! On va se serrer un peu, pour laisser la
place à une jolie fille comme vous.

Elle savait suffisamment d'italien pour comprendre.
Balbutiant un remerciement, elle se laissa tomber sur la
banquette, à bout de forces.

— Où allez-vous, signorina ?

La question la prit au dépourvu. Etablir un plan
précis, s'était-elle promis. Mais les événements
s'étaient précipités. Elle n'avait rien préparé.

— Je... je voudrais prendre le bateau.

— Alors, vous allez à Messine ?

— Oui, oui, à Messine.

— Ce n'est pas tout à fait notre route, mais il n'est pas donné tous les jours de rendre service à une aussi ravissante jeune personne.

La voiture était un vieux tacot à la carrosserie ornée de dessins bizarres. Aucun rapport avec la luxueuse Jaguar. Mais, pour Marine, elle valait mille fois plus.

« Dire qu'il pense que je l'ai épousé pour son argent », songea-t-elle avec tristesse. « Je l'aurais aimé pauvre, le plus démuni des hommes. Mais il ne le saura jamais. »

C'était une piètre revanche, mais elle lui avait porté un rude coup. Sur ce point au moins, elle pouvait se montrer satisfaite. Elle s'était bien vengée. L'orgueil masculin avait souffert. Mais la vengeance est une arme à double tranchant, qui se retourne toujours sur celui qui la manie.

Malgré son ressentiment, Marine souffrait de la mauvaise opinion que Frank avait d'elle, à présent.

« S'il m'avait vraiment aimée, comme il le prétendait au début, il n'aurait pas cru à ce mensonge... »

Les jeunes gens s'étaient mis à chanter et cette insouciante gaieté accentuait sa peine. Son avenir lui paraissait hérissé de difficultés. Qu'allait-elle faire de sa liberté retrouvée ? Légalement, elle était unie à Frank et, quoiqu'elle ait prétendu, elle n'aimait pas Philippe. Reprendre la vie avec Hélène, comme avant ?

Rien ne serait plus comme avant. Il y a des brisures qui ne se ressoudent pas. D'autre part, Frank ne possédait pas un caractère à s'avouer vaincu. Il allait certainement la rechercher, la traquer, la reprendre, peut-être. Elle était si faible, devant lui. Il n'avait qu'à poser ses lèvres sur sa bouche, caresser son corps, et ce corps consentant obéirait à son vainqueur.

Le temps s'était écoulé sans qu'elle s'en aperçoive, indifférente au reste du monde.

— Vous êtes arrivée, signorina. Que peut-on faire encore pour vous ?

— Rien. Je ne sais comment vous remercier.

— Avec un sourire. Là. C'est fait. Arrivederci, Signorina !

Le port grouillait de monde. Se frayant un passage dans la foule, Marine se dirigea vers une guérite, près du débarcadère, où le tarif des voyages était affiché. Avec soulagement, elle constata qu'elle avait assez d'argent pour la traversée. La pensée d'être dans une île renforçait son sentiment de solitude, d'emprisonnement.

— A quand le prochain départ ?

Le préposé dirigea le tuyau de sa pipe vers un grand bateau sur le pont duquel s'affairaient des matelots.

— Le ferry-boat part dans cinq minutes. Première escale à Reggio. C'est là que vous allez ?

— Oui, un billet pour Reggio, acquiesça-t-elle précipitamment.

Une fois à terre, ayant mis la mer entre elle et Frank, elle téléphonerait à Philipe, pour lui demander son aide. C'était un précieux allié, sur lequel elle pouvait compter. Heureusement, il lui avait dit qu'il ne repartait pas en Irak. Prévoyait-il, après ses confidences, que Marine aurait besoin d'un appui ? Cher Philippe. Hélas, que ne pouvait-on choisir son amour...

Quelques instants plus tard, le bateau s'éloigna et, accoudée au bastingage, Marine ressentait, mêlé au soulagement, cet inexprimable déchirement des départs.

La côte s'estompait peu à peu. Avec nostalgie, la jeune femme regardait ces villages pittoresques accrochés aux flancs des montagnes, cette mer d'émeraude où elle avait projeté de se baigner en compagnie de l'homme aimé. Tendres projets qui ne s'étaient pas réalisés...

A certains moments, elle en arrivait presque à

regretter l'intervention de Philippe. Un bonheur,
même issu d'une tromperie, n'est-il pas parfois préférable à une douleur aussi lancinante ? Bien vite, elle se
reprocha cette pensée. Non, rien n'était possible, ni
durable, quand l'amour ne reposait pas sur l'estime et
la loyauté.

Elle ferma les paupières. Le vent caressait son visage
enflammé. Combien de temps s'était-il écoulé entre sa
rencontre avec Frank et cette fuite éperdue ? Un siècle
ou une minute. Cette période se noyait dans un rêve
nébuleux. A présent, il fallait faire face à la dure
réalité.

Le bateau avait franchi le détroit de Messine. Déjà,
L'Aspromonte se profilait sur fond de brume. Marine
frissonna sous l'âpre caresse du vent, de plus en plus
violent. Elle restait crispée, anxieuse. Elle ne retrouve-
rait un peu de paix, jugeait-elle, que sur la terre ferme,
loin de ce faux paradis que lui avait fait miroiter un
perfide magicien.

La traversée avait été courte. Une heure après avoir
quitté Messine, le bateau accosta à Reggio. Il y eut les
traditionnelles manœuvres, que la jeune femme
regarda d'un œil distrait. Puis, mêlée aux passagers,
elle quitta le ferry-boat, pour se retrouver dans un port
inconnu. Autour d'elle, des gens volubiles riaient,
s'embrassaient, heureux·de se revoir, avec de grands
gestes d'accueil.

Moi, personne ne m'attend, songea-t-elle avec tristesse. Elle vérifia le contenu de son sac. Il renfermait si
peu d'argent qu'elle n'avait plus les moyens de regagner
Paris. Il ne lui restait plus que la ressource de télépho-
ner à Philippe. Indifférente au mouvement du port, elle
se dirigea vers un bar proche, dans l'intention de
demander sa communication. Serait-il à son bureau ?

A peine avait-elle fait quelques pas dans cette
direction qu'un poids pesa sur son épaule. D'un bloc,
elle se retourna, prête à fustiger l'insolent qui se

permettait une pareille familiarité, et manqua tomber de saisissement en reconnaissant son mari.

Blême, l'esprit en déroute, elle ne put que balbutier :

— Vous ici ? Mais comment...

— Je pourrais vous poser la même question. Comment je suis venu ? Mais par la mer, tout simplement. Quel autre chemin vouliez-vous que je prenne ?

— Ce n'est pas ce que j'ai voulu dire...

Elle bafouillait, ne parvenait pas à croire à la présence de Frank.

— Je... vous... vous n'étiez pas sur le bateau !

— Non. Mais dans mon cris-craft, qui va presque aussi vite, surtout quand on fonce comme un fou à la poursuite de sa femme.

Peu à peu, elle revenait de sa stupeur.

— Comment avez-vous su...

— Le plus facilement du monde, coupa-t-il, en fourrant les mains dans ses poches en un geste familier et en arborant ce sourire moqueur qui avait le don d'horripiler la jeune femme. Je me méfiais. Et, me rappelant avoir imprudemment laissé ma veste à votre portée, j'ai voulu vérifier. La clé n'était plus là. Alors je me suis mis bien vite à votre recherche. Une enquête rapide. Rien n'échappe à personne, ici. Je n'ai eu aucun mal à retrouver la complaisante voiture qui vous avait prise à bord. Ses occupants n'avaient d'ailleurs aucune raison de me cacher la vérité. A Messine, j'ai interrogé l'homme à la pipe qui vend des billets. J'ai donc suivi votre trace.

— Pourquoi cet acharnement ?

Il hésita. Son accent manquait d'assurance.

— Vous le savez très bien. Pour vous empêcher de rejoindre Philippe, c'est évident.

Il marqua une pause, reprit :

— Car c'est vers lui que vous comptiez vous réfugier, n'est-ce pas ?

— Oui, vers celui qui ne m'a jamais témoigné que tendresse et loyauté !

Il ricana, ironique :

— Et vous avez sacrifié ce compagnon idéal sur l'autel du veau d'or ! Bel amour, en vérité !

Elle fut sur le point de se justifier, y renonça. A quoi bon ? C'était un dialogue de sourds. Tout reposait sur un malentendu et elle ne voulait pas le dissiper.

C'était sa seule arme.

— Au point où nous en sommes, vous n'avez pas la prétention de me garder de force ?

— Si ! Croyez-vous que j'ai parcouru toute cette distance pour renoncer ? Je ne suis pas de ceux qui font les choses à moitié, sachez-le !

— Je suis suffisamment édifiée pour le savoir !

Amère, elle évoquait encore les paroles de Frank, prononcées un jour avec une espèce de ferveur : chacun de nous est capable du meilleur comme du pire. Cette phrase la hantait. Qu'avait-il ajouté, ensuite, d'une voix plus appuyée ? Souvenez-vous-en toujours, Marine...

Comme si elle avait pu oublier un détail de leur brève idylle.

— Assez tergiversé. Suivez-moi, ordonna-t-il.

— Non !

Têtue comme une chevrette, elle le bravait de son mieux, sachant d'avance qu'elle n'était pas de taille à vaincre un tel adversaire.

Sans tenir compte de ce refus, haussant légèrement les épaules pour signifier qu'il n'y attachait aucune importance, il la prit par la main et la tira, à la manière dont on force une enfant rétive.

— A partir d'aujourd'hui, je ne vous quitte plus d'une semelle, commenta-t-il.

— Je vous défends ! Laissez-moi appeler Philippe !

La main masculine se crispa sur la sienne. En cet instant, elle ne pouvait voir le visage de Frank.

— Toujours lui ! Faudra-t-il que je le supprime, pour qu'il cesse de se mettre en travers de ma route !

Effrayée par cette menace, elle cessa de résister. Nul ne pouvait l'aider. Leurs querelles intimes ne regardaient personne. Indifférents, les gens les bousculaient.

Une nouvelle crainte l'assaillait. Doué d'un tempérament violent et rancunier, Frank était-il capable de tuer un rival détesté ? A la pensée qu'elle puisse être la cause d'un tel drame, elle se sentait défaillir.

— Montez !

Le cris-craft se balançait mollement sur l'eau moirée du port. Après avoir jeté un dernier regard alentour, espérant elle ne savait quel secours, Marine se soumit.

« Je recommencerai, et cette fois il ne me rattrapera pas ! » pensa-t-elle, pour s'encourager.

Le cris-craft s'éloigna dans un bruit de moteur. Son sillage blanc fendait la mer. Bientôt il s'élança vers le large, piquant droit devant lui, comme une mouette ivre de liberté.

Le vent fouettait leurs visages. Malgré elle, Marine prenait plaisir à cette course. Elle respirait à pleins poumons, éprouvant une grisante sensation.

Impression difficile à analyser. Bizarrement, elle se sentait plus libre en cet instant que sur le pont du ferry-boat, alors qu'elle fuyait Frank. Et pourtant, il la ramenait captive.

Elle le regardait à la dérobée, se reprochant d'admirer ce profil net, ce menton carré qui indiquait la volonté. Des mèches noires retombaient sur ses yeux. Le vent sculptait son épaisse chevelure à sa guise. Sous la fine chemise de toile, elle devinait son torse solide, ce torse contre lequel elle avait frissonné de plaisir.

Peut-on être amoureuse de son tourmenteur ? C'était une question qu'elle se posait trop souvent, sans trouver la réponse.

Quelques embarcations mouchetaient la mer lim-

pide. Des creux plus sombres indiquaient les profondeurs.

Marine imaginait des poissons colorés se faufilant à
travers des entrelacements de coraux, dans ce monde
sous-marin, étrange et fascinant, où reposaient peut-
être des trésors engloutis. Légende ou vérité ?

Machinalement, elle s'était rapprochée du pilote. Un
bras s'étendit vers elle, accrocha son épaule, la hâla
avec douceur.

Elle résistait au désir d'incliner le front vers cet
homme dont la force la subjuguait. Non ! Pour rien au
monde elle ne devait prendre la mentalité des femmes
asservies, en proie à la folie des sens. Ne pas céder au
vertige ! Pour cela, un seul rempart : feindre pour
Philippe un amour qu'elle n'éprouvait pas. Mais était-
ce une défense suffisante ?

Bientôt, elle distingua la côte, qui lui devenait
familière. Avait-elle imaginé un tel retour ? Elle luttait
contre un curieux sentiment de sécurité.

Frank avait tout prévu. Mario les attendait, au volant
de la voiture. Sans un mot, Marine se glissa sur la
banquette. Son compagnon restait également silencieux.

Quand elle franchit le seuil de cette maison qu'elle
avait cru ne jamais revoir, la jeune femme ne put
s'empêcher de pousser un soupir de soulagement.
C'était sans doute l'état d'esprit de la biche traquée,
qui, épuisée, rattrapée par le chasseur, se résigne à son
sort.

— Antonia servira le dîner sur la terrasse.

La voix de Frank ne contenait plus nulle trace de
colère. Il paraissait pensif. Devançant la question
qu'elle n'osait poser, il l'informa :

— J'ai renvoyé Evelyne à Paris.

La jeune femme sut cacher le plaisir que lui procurait
cette nouvelle.

— Je croyais que vous aviez besoin d'elle, pour un travail urgent ?

— J'ai changé mes plans. A partir de demain, fini le travail. Vercel, prévenu, s'occupera de tout. D'ailleurs, il en a l'habitude. Je peux m'absenter sans inquiétude.

— Vous avez l'intention de partir ?

— Vous avez la mémoire courte. C'est mon intention, en effet. Nous partirons demain.

Il avait appuyé sur le « nous » et Marine réprima un mouvement nerveux. Elle était cependant bien placée pour savoir que Frank ne renonçait jamais à un projet. Quand il s'était mis une idée en tête, rien ne l'en faisait démordre.

— Je ne vous accompagnerai pas ! dit-elle, en essayant d'adopter une attitude calme et résolue, alors que son cœur s'affolait.

— Je saurai vous y obliger.

— Toujours par la brutalité ?

— Vous ai-je maltraitée, jusqu'ici ?

— Les tortures morales sont parfois pires que les sévices.

Le front barré d'un pli dur, il réfléchit quelques secondes.

— Très juste. Mais je vous ferai remarquer que, dans ce domaine, vous ne m'avez pas épargné non plus.

— En quoi vous ai-je blessé ?

Il ricana.

— Reconnaissez qu'il est très déplaisant, pour un homme, d'apprendre qu'il a été joué et qu'on ne l'a épousé que pour son argent !

— C'est vous qui me faites ce reproche ? Vous qui n'avez pas cessé de me jouer la comédie ?

— Je vous ai déjà dit que nous étions quittes ! riposta-t-il sèchement.

— Alors, puisque nous sommes à égalité, à quoi bon prolonger une existence commune qui ne nous mènera à rien ?

— C'est cela ! Vous rendre votre liberté, pour que vous alliez vous jeter dans les bras d'un autre ! Il n'en est pas question !

Elle tremblait de rage. Son mensonge se retournait contre elle.

Mais la colère est mauvaise conseillère. Ne pouvait-elle essayer de le raisonner ? Elle usa d'une autre tactique.

— Et si je vous jurais de ne pas revoir Philippe ?

— Quelle valeur donner à vos promesses ? Je n'ai pas confiance.

Il ajouta, détournant la tête pour lui dérober l'expression de ses yeux :

— Je n'aurai plus jamais confiance en personne.

Elle fut sur le point de rétablir la vérité, mais sa fierté l'en empêcha. Lui avouer qu'elle n'aimait pas Philippe, c'était se livrer pieds et poings liés à l'adversaire, qui ne manquerait pas de profiter de sa faiblesse.

Comment sortir de ce dilemme ?

Faisant diversion, Antonia entra, annonçant avec son sourire placide que la signora était servie.

CHAPITRE IX

Le lendemain, Marine n'eut pas le loisir de méditer sur sa situation. Dès qu'elle parut dans le hall, elle aperçut son mari, en blouson de cuir, qui l'attendait, les yeux fixés sur sa porte, en une attitude de suspicion.

— Venez, dit-il, sans autre formule de politesse.

Inquiète, elle obéit cependant à l'injonction de la voix sèche.

— Où m'emmenez-vous ? questionna-t-elle, cherchant à dissimuler son inquiétude.

— Je vous l'ai dit : en voyage de noces.

Il ouvrit la portière de la voiture, la força à prendre place sur la banquette, s'installa au volant, eut un sourire qui ressemblait davantage à une grimace.

— Ce n'est pas précisément celui dont j'avais rêvé, mais il est bien connu que les rêves s'accomplissent rarement.

— Avouez plutôt que, dans un cas comme dans l'autre, vous ne poursuiviez qu'un objectif : me séparer de Philippe.

— Admettons. C'est une réussite à mon actif. Vous ne pouvez pas en dire autant.

Ils roulaient vers Catane, et Marine cherchait désespérément un moyen pour se soustraire à ce voyage précipité.

— Réfléchissez, avant ce coup de tête. Ma sœur va s'inquiéter.

— Elle en a l'habitude.

— Elle demandera de mes nouvelles.

— Nous lui en donnerons. Elle recevra de très jolies cartes postales.

— Je refuserai de les signer !

— A la rigueur, je ferai un bon faussaire.

Elle continuait à se dominer, dans l'espoir de le ramener à la raison.

— Vous ne pourrez pas me séquestrer indéfiniment. Combien de temps durera votre petit jeu ?

— Le temps nécessaire pour...

Il n'acheva pas sa phrase.

— Assez discuté sur ce sujet, trancha-t-il en accélérant. Ma décision est prise et je n'y reviendrai pas ! Nous allons à Djerba, un point c'est tout !

Cette fois, elle ne put se contenir. La fureur l'étouffait. C'était terrible, de se heurter à un mur ! Elle découvrait chez Frank une obstination sans limites. Rien ne le freinait. Aucun argument ne le touchait. Marine refusait de faire appel à sa pitié. D'ailleurs, c'eût été s'humilier en pure perte. Un homme de granit comme lui devait ignorer ce sentiment.

— Je parviendrai bien à vous échapper !

— Je vous retrouverai toujours.

Il y avait une espèce de douceur dans ces mots prononcés d'une voix grave. Etait-ce uniquement la vengeance qui les dictait ?

Ils ne dirent plus rien jusqu'à l'aéroport. En vain la jeune femme cherchait-elle une circonstance favorable pour éviter ce qu'elle appelait son kidnapping. La main de Frank ne quittait pas la sienne.

Il parlementa avec le technicien de la tour de contrôle, et Marine tressaillit d'espoir.

— On annonce une dépression sur le sud tunisien

avec zone d'orages violents, disait l'homme. Je vous déconseille de décoller.

— J'en ai vu d'autres ! Et les orages se contournent.

La jeune femme suivait ce dialogue avec avidité. Qu'allait décider Frank ?

— Ce n'est pas prudent.

— Ne vous en faites pas. Je m'en tirerai.

— Je ne peux pas m'opposer à votre départ. Mon rôle consiste à vous prévenir.

— Croyez-vous qu'il y ait du danger ? osa demander Marine, quand ils furent près du Cheyenne.

— Il y a toujours un danger, partout. On peut se tuer en traversant la rue.

Sur ces paroles rassurantes, il l'obligea à gravir les échelons métalliques en la tirant par le bras. Le moyen de fuir, à présent ? Confusément, elle éprouvait une sorte de joie à l'idée de se retrouver seule avec Frank, en plein ciel. Elle ne luttait plus, comme si le destin avait choisi pour elle, et c'était infiniment reposant. Ils allaient partir, s'éloigner de cette terre où ils s'étaient férocement déchirés...

Après les consignes d'usage, l'avion prit son envol. Le terrain rapetissa. Ils percèrent la couche nuageuse et se retrouvèrent dans cet univers de paix que la jeune femme avait appris à aimer. Un soleil étincelant régnait dans un ciel uniformément bleu.

Elle coula un regard vers le pilote. Tout aurait pu être si différent, s'il l'avait aimée. Ne peut-on recommencer l'histoire ? Le temps ne peut-il faire un pas en arrière ? Les souvenirs heureux sont parfois cruels. Des larmes envahirent ses yeux, sans qu'elle puisse les retenir.

— Vous pleurez ?

Elle tenta de nier, mais des sanglots houleux gonflaient sa poitrine.

— Est-ce parce que vous êtes déçue ?

— Oui. Une déception que je ne supporte pas.

Allait-il être touché par cet aveu de faiblesse ? Y voir un appel ? Une main tendue ?

Il se méprit, eut un rire sarcastique.

— Je conçois qu'il est pénible d'accepter une vie de recluse, quand on a envisagé une existence de luxe et de plaisir.

L'injustice de cette remarque cravacha la fierté de la jeune femme. Le feu de la colère sécha ses yeux.

— Moins difficile, je suppose, que de s'apercevoir qu'on n'est pas l'irrésistible séducteur qu'on croyait être et que l'on est berné à son tour !

Elle vit distinctement les mâchoires saillir sous la peau brune. Les mains restaient calmes sur le manche.

— Ne vous inquiétez pas pour moi. Je surmonterai vite cette désillusion. C'est une leçon dont je tirerai profit. Un mal pour un bien, en somme. L'expérience procure la sagesse.

L'avion volait dans un ciel serein. C'est à peine si Marine se souvenait des paroles pessimistes de l'homme à la tour de contrôle. Une demi-heure s'écoula sans incident. Ils ne parlaient plus. Chacun ruminait son problème. Ils étaient si proches, et cependant séparés.

Soudain, tel un mirage, une muraille sombre se dressa devant eux. La jeune femme sursauta de frayeur.

— Qu'est-ce ?

— Un cumulo-nimbus. Autrement dit, de mauvais nuages. Je vais les contourner.

Le Cheyenne opéra un virage sur la gauche. Mais plus il avançait, plus le ciel s'obscurcissait. Des nuées d'encre l'enveloppaient. Au-dessous d'eux, ils ne voyaient plus ni la mer ni le sol. Pas le moindre indice. Que survolaient-ils ?

Marine n'osait plus interroger son compagnon, qui ne donnait aucun signe d'affolement, mais dont le visage tendu l'alertait. Elle avait perdu la notion du temps. Ils se trouvaient égarés dans un épais brouillard. La visibilité décroissait à vue d'œil. De fortes secousses ébranlaient l'avion.

Frank se pencha pour essayer de lire les indications sur le tableau de bord. Impossible. Il alluma ses phares, tendit l'oreille pour capter une inaudible radio.

— Où sommes-nous ?

— Ne vous paniquez pas. J'essaye d'avoir Gabès, ou Djerba, pour qu'ils me donnent un « relevé ».

— Pour nous situer ?

— C'est cela. Vous commencez à devenir une excellente copilote.

La radio crachotait. On ne pouvait percevoir la moindre indication, encore moins transmettre un message. Les appareils paraissaient comme fous, donnant, à quelques instants d'intervalle, des résultats contradictoires. Le front du pilote s'était couvert de sueur. Aucune station ne répondait à son appel.

Des éclairs discontinus zébraient le ciel. Les prévisions de la tour de contrôle s'avéraient tragiquement exactes. Puis, subitement, la pluie se mit à tomber dru, criblant le cockpit de fléchettes.

— Nous sommes perdus, n'est-ce pas ?

— Mais non ! Un simple coup dur. J'ai l'habitude, j'en ai surmonté plus d'un, et de plus coriaces.

Elle devina qu'il tentait de la rassurer, mais ne fut pas dupe. Et, soudain, une grande paix succéda à sa frayeur. C'était peut-être là le terme de leur aventure. Cette pensée l'avait déjà effleurée, la première fois qu'elle avait volé avec Frank. S'engloutir en plein ciel, avec l'être aimé…

L'anxiété de Frank lui était perceptible, comme un fluide. Elle notait son regard aigu scrutant le tableau de bord. Le niveau d'essence baissait d'une manière inquiétante.

Telle une oasis, une éclaircie parut brusquement sur la droite. Frank y dirigea son appareil, pencha la tête pour tenter de se repérer et ne put retenir une sourde exclamation. Au-dessous d'eux, très près : le sol !

Du sable à perte de vue. Le moutonnement des dunes. Frank ne s'était pas cru aussi bas. Il fit une ultime tentative par radio, mais n'obtint qu'un bruit confus.

Redresser l'appareil ? Le niveau d'essence avait encore baissé. Il fallait prendre une décision, et vite. Leur seule chance était d'essayer d'atterrir, de se poser en catastrophe. A la grâce de Dieu. Heureusement, sa passagère, qui avait compris le danger, ne donnait aucun signe d'affolement.

— Serrez votre ceinture ! lança-t-il, d'un ton de commandement.

Lui-même se harnacha solidement et se mit à descendre en spirale, pour chercher un axe d'atterrissage.

Mains crispées sur le manche, il employait toute son énergie, toute sa vigilance, pour éviter la moindre faute qui pouvait leur être fatale.

Soudain, il hurla :

— Cramponnez-vous !

A diverses reprises, l'avion effleura le sol, en faisant gicler des gerbes de sable, puis il piqua brusquement du nez et se retourna. Un grand silence succéda au fracas du moteur. Le Cheyenne ressemblait à un grand albatros foudroyé, couché sur le flanc. En un ultime geste de prudence, le pilote avait coupé les gaz.

Marine émergea lentement de la torpeur où l'avait plongée le choc. Que leur était-il arrivé ? Où était Frank ?

C'est avec un inexprimable soulagement qu'elle entendit sa voix, où l'anxiété perçait sous la désinvolture.

— Rien de cassé ?

— Non, je ne crois pas. Et vous ?

— Moi non plus. Un peu étourdi seulement.

Il rampa vers elle.

— Ne bougez pas. Je vais vous détacher.

Avec une ironie désabusée, elle pensa qu'il la délivrait, alors qu'il avait formé le projet de la retenir captive.

— J'ai coupé les gaz, mais il est plus prudent de quitter rapidement l'appareil. Suivez-moi.

A force de reptations, ils parvinrent à sortir de la carlingue et s'en éloignèrent de quelques mètres.

Un désert de sable les environnait. Nulle trace de vie à l'horizon. La chaleur était accablante. Quelle heure pouvait-il être ? Dans la chute, la montre de Frank s'était brisée. Une estafilade rayait son visage brun, de la tempe au menton.

— Vous êtes blessé ?

— Une simple égratignure.

Il abaissa sur elle le sombre rayon de ses prunelles.

— Désolé de vous avoir entraînée dans cette aventure. Mais ne craignez rien, on va venir à notre secours.

— Je n'ai pas peur.

Elle n'ajouta pas : près de vous. Non, elle ne lui procurerait pas cette satisfaction d'orgueil.

— Vous êtes courageuse, apprécia-t-il, en essuyant son visage d'un revers de coude. La digne épouse d'un aviateur.

Son ton moqueur était une forme de courage. Car Marine ne se leurrait pas. Malgré les propos rassurants de son compagnon, elle n'augurait rien de bon de leur situation. Si personne ne venait les secourir, qu'allaient-ils devenir ?

— Avez-vous une idée de l'endroit où nous sommes ?

— Je suppose que c'est le désert de Gabès.

— Peut-on envisager de rejoindre une ville à pied ?

— Pas question. Ce serait de la dernière imprudence. Il faut toujours rester auprès de l'appareil accidenté. C'est le seul moyen de se faire repérer. Et puis, je ne sais pas quelle direction prendre.

Il remarqua ses joues rougies, ses yeux trop brillants.

— Ne restons pas au soleil. Il ne vous manquerait plus que d'attraper une insolation. Allons nous réfugier à l'ombre de l'avion, il n'explosera plus maintenant.

Brisée d'émotions, Marine se laissa tomber sur le sable, le dos à l'appareil, et contempla avec nostalgie cette immensité pâle que nul bruit ne troublait. Pas un oiseau. Pas un insecte. Une chaleur torride se dégageait d'un ciel inhumainement bleu. L'orage était loin. Ce paysage désertique angoissait la jeune femme.

Devinant aisément ses pensées, son compagnon s'affairait pour la distraire.

— Je vais inspecter la carlingue, afin de faire l'inventaire des provisions. Une boîte de biscuits, quelques tablettes de chocolat et une bouteille d'eau minérale. Tout ce qu'il faut pour soutenir un siège. Nous tiendrons jusqu'à ce qu'on nous découvre.

— Nous trouvera-t-on ?

— Absolument ! Nous ne sommes pas perdus en plein Sahara, tout de même !

— Qu'en savez-vous ?

Il se mit à rire, d'un rire qu'elle jugea forcé.

— Le Cheyenne n'avait pas une autonomie suffisante. Non. J'ai calculé approximativement que nous n'étions pas loin de Djerba. Il faut s'armer de patience, c'est la seule solution.

— Vous devez être content, remarqua Marine, après quelques secondes de réflexion.

— Pas du tout, je déplore cet accident. Pourquoi le serais-je ?

D'un geste las, elle désigna les alentours.

— Ici, c'est la prison idéale. Tous les milliards du monde ne peuvent servir à rien.

— Ils ne peuvent servir nulle part, riposta-t-il vivement. L'argent ne saurait obtenir un amour, forcer une tendresse.

Son visage s'était rembruni.

— Il est vrai, ajouta-t-il rudement, que l'amour est si bien imité, parfois, qu'on peut s'y laisser prendre. Et même si l'on paye très cher cette parodie, pourquoi le regretter, après tout ? On achète son bonheur avec ce que l'on possède.

Sur ces paroles amères, il disparut dans la cabine, où Marine l'entendit fourrager à grands gestes brusques.

Il est furieux, pensa-t-elle. Je me suis bien vengée. Pourquoi n'en tirait-elle pas plus de joie ?

S'il avait nié, l'aurait-elle cru ? Ou du moins fait semblant de le croire ? Mais on ne bâtit pas un bonheur solide sur une illusion.

Elle respirait mal, dans cet air surchauffé. Le sable lui piquait les yeux. Elle en sentait des grains entre ses dents. Insidieusement, le vent s'était levé et les dunes semblaient onduler à l'horizon.

— La bouteille d'eau est intacte ! Nous avons de la chance !

Frank revenait vers elle, brandissant triomphalement ladite bouteille.

— Avez-vous soif ?

— Beaucoup. J'ai surtout la gorge sèche.

— Alors, régalez-vous.

Machinalement, elle chercha un objet des yeux, ce qui le fit sourire.

— Excusez-moi, ma chère, mais le service est déplorable, je l'admets. Aucun verre de cristal à l'horizon !

Elle rougit, prit la bouteille sans un mot et la porta à ses lèvres. Au bout de trois gorgées, il l'arrêta.

— Assez. Il faut nous rationner.

S'apercevant que cette réflexion ravivait l'inquiétude de sa compagne, il corrigea d'un air rassurant :

— On ne prend jamais assez de précautions. Il faut toujours prévoir le pire, même si le pire n'arrive pas.

— En êtes-vous si certain ?

Elle attachait sur lui un regard grave et bleu. Faisait-

elle allusion à leur situation actuelle, ou à leur conflit
sentimental ?

Il esquiva la question.

— Moi aussi je bois à la régalade !

Il se contenta de deux gorgées.

— Ce n'est pas un partage équitable, remarqua-t-
elle.

— Je vous ai lésée ?

— Au contraire, vous me favorisez.

— C'est naturel, puisque vous êtes une femme, donc
plus fragile par essence.

— Mais une femme que vous détestez.

Elle attendit un démenti qui ne vint pas. Soigneusement, il rebouchait la bouteille, la mettait à l'ombre.
Jamais il ne lui avait paru si fort et si brun. Dans cet
univers pâle où le contour des dunes s'esquissait à
peine, sa silhouette virile prenait tout son relief. Des
mèches bouclées venaient mourir sur sa nuque hâlée. Il
émanait de lui une énergie peu commune. Les paroles
de Philippe continuaient à l'obséder : Frank est capable
de tout. Il ne renonce jamais.

— A quoi pensez-vous ?

— A la meilleure façon de nous sortir de là, mentit-
elle.

— Laissez-moi cette responsabilité. Jusqu'à présent,
je ne m'en suis pas trop mal tiré.

— Cela dépend de la manière dont on envisage les
choses.

— Bien sûr, se rebiffa-t-il, agressif. J'ai eu tort de
partir sans prendre en considération les prévisions
météorologiques, mais j'ai vu pire et je croyais de
bonne foi m'en sortir.

— Dites plutôt que vous étiez si furieux que vous
n'avez écouté aucun conseil de prudence.

— A qui la faute, si j'étais en colère ?

— A moi, peut-être ?

— Oui, à vous, qui vous êtes enfuie comme une écervelée, vous mettant à la merci du premier venu !

Le ton montait. Même au sein du danger, ils continuaient à se quereller.

— Le premier venu, comme vous dites, c'était Philippe ! Je ne courais aucun risque auprès de lui, bien au contraire !

Il eut un rire insultant.

— Quelle confiance peut-on accorder à un ami félon qui, sous des apparences affectueuses, ne pense qu'à vous prendre la femme que vous aimez ? Vous oubliez cet important détail en me chantant sans cesse les louanges de ce traître !

Marine eut une dernière hésitation. Mais aujourd'hui les circonstances étaient différentes. Peut-être allaient-ils périr dans ce désert illimité, avec de dérisoires provisions. Le secret si chevaleresquement gardé par Philippe ne lui appartenait plus. Frank devait savoir la vérité.

— A propos de Philippe, murmura-t-elle, avec une douceur nouvelle, je voulais vous dire…

— Je sais ! coupa-t-il sèchement. Mais, de grâce, épargnez-moi son panégyrique ! D'accord, c'est un garçon qui a toutes les qualités ; il est parfait, cent fois plus gentil que moi, capable de rendre une femme heureuse et vous êtes folle de lui ! Vous voyez, je sais d'avance ce que vous allez me dire.

Elle remua la tête. Le sable brillant comme du mica poudrait sa chevelure.

— Vous vous trompez. C'est du passé dont je voulais vous parler.

— Laissons le passé derrière nous. Il est irréversible.

— Non, Frank, il ne l'est pas ! Mais vous êtes si obstiné que je n'arrive pas à placer un mot.

— C'est bon, je vous écoute.

Il avait froncé les sourcils et ses yeux flamboyants

intimidaient la jeune femme. Mais elle poursuivit courageusement :

— En me révélant le motif de... de votre soi-disant coup de foudre à mon égard, Philippe m'a aussi raconté votre pénible histoire. La vraie.

— Il n'y a qu'une version. Il a séduit Tacha. Tous deux ont bien dû rire, derrière mon dos! Ils se sont moqués de moi!

— Non, Frank. Du moins pas Philippe.

La mine ombrageuse, il faisait semblant de ne pas attacher d'importance à son récit, laissant couler du sable entre ses doigts, à la manière des enfants sur une plage. Mais elle percevait son attention.

— Philippe n'a pas trahi l'amitié! C'est Tacha qui lui faisait des avances, qu'il a toujours repoussées.

— Il vous a sorti une fable où il tenait le beau rôle et vous l'avez cru?

— Oui. Car c'est la vérité.

— Qu'en savez-vous? N'oubliez pas qu'ils étaient ensemble, le jour de l'accident.

— Elle était venue le rejoindre à la campagne, à son insu. C'est lui qui a exigé un départ immédiat.

— Et il ne se serait pas disculpé?

La voix de Frank était empreinte d'ironie.

— Non, il s'est tu. Et vous ne devinez pas pourquoi?

Leurs regards s'affrontèrent. Elle le sentait ébranlé, mais non convaincu.

— Par délicatesse, reprit-elle, en détachant bien ses mots, comme pour en faire pénétrer le sens dans un esprit fermé. Pouvait-il accuser une morte? La salir à vos yeux? Il a préféré perdre votre amitié plutôt que de vous infliger cette déception. Il s'est dévoué. Avec le temps, il espérait que vous oublieriez. En quoi il se trompait. Et c'est moi qui ai payé le prix de la vengeance.

Frank avait baissé la tête. Il continuait de jouer avec le sable. Quand il releva le front, elle ne pouvait rien lire au fond de ces prunelles où l'on ne distinguait pas la pupille.

— Rien ne pourra jamais le prouver, dit-il avec une espèce de lassitude.

— Si ! Philippe a conservé des lettres dans lesquelles Tacha lui reprochait de ne pas répondre à sa passion. Si nous nous en sortons, il pourra vous les montrer, quoique j'en doute, connaissant ses scrupules.

— Admettons. Mais cela ne change rien en ce qui nous concerne. Je comprends d'ailleurs fort bien que vous aimiez un être aussi loyal, aussi généreux que lui. Je ne souffre pas la comparaison !

Il eut ce rire qu'elle n'aimait pas, dont elle ne devinait pas l'origine.

— Dommage pour vous qu'à toutes ces qualités, il n'ait pas ajouté la richesse !

Entraînée par ses confidences, Marine avait été sur le point d'avouer à Frank que c'était par orgueil qu'elle lui avait menti, qu'elle l'avait aimé dès le premier jour, sans se soucier le moins du monde de sa fortune.

L'attitude insolente de Frank la cabra.

— Je remarque que vous n'exprimez aucun regret pour votre injustice, dit-elle d'un ton acide. Philippe est innocent. Vous devez lui rendre votre amitié.

— Jamais !

— Douteriez-vous encore ?

— Non. Je commence à croire que tout s'est passé ainsi qu'il vous l'a dit. Mais c'est la fatalité qui nous sépare. Il sera donc écrit qu'il me prendra toujours la femme que...

Il s'interrompit, détourna brusquement la conversation.

— Tout cela est inutile. Nous nous trouvons devant une situation qui doit requérir toute notre attention. Après, nous verrons !

Pris d'une rage aussi subite qu'inexplicable, il jeta au loin une poignée de sable.

— Peut-être vous rendrai-je votre liberté. Ce sera ma façon de réparer mes torts.

Elle se mordit les lèvres. En cet instant, elle comprenait qu'elle préférait rester la captive de cet homme, plutôt que de retrouver une liberté dont elle n'aurait que faire. Mais comment le lui dire ?

De toute façon, il ne m'aime pas, songea-t-elle avec tristesse.

Une main se posa sur sa chevelure.

— Tout à l'heure, vous avez dit : si nous nous en sortons. En douteriez-vous ?

— Combien de temps pourrons-nous tenir, avec d'aussi minces provisions ?

— L'être humain n'a peut-être pas la résistance du chameau, mais un peu de jeûne ne fait de mal à personne et c'est excellent pour la ligne.

— Vous oubliez la soif.

— J'admets que c'est plus difficile à surmonter. Mais on viendra nous secourir. Il faut me croire.

— Vous croire... soupira-t-elle. N'est-ce pas ce qui m'a perdue ?

La main se retira comme si on l'eût brûlée.

— Je sais. Vous n'avez plus confiance en moi. Mais sur le plan technique, c'est différent. Je connais le désert. Nous ne risquons rien.

— Vous mentez bien. Mais pour ce mensonge-là, je vous absous, car il est charitable.

Peu à peu, le soleil avait décliné. Il disparut soudain derrière les dunes et le sable cessa de ressembler à une fournaise. Le désert perdit sa lumière implacable. Il s'en dégageait une obscure menace, pire que l'aveuglante clarté du jour.

Marine frissonna.

— Approchez-vous. Serrons-nous l'un contre l'autre, pour nous réchauffer.

Comme la jeune femme tardait à obéir, Frank,

joignant le geste à la parole, la força à se coller contre lui.

— Allons, ne faites pas la mauvaise tête. Pour un moment, suspendons les hostilités. Vous grelottez.

Il mit son blouson sur les épaules de sa compagne.

— C'est une des traîtrises du désert. Les nuits sont glaciales. Réagissons !

Il sauta sur ses pieds.

— Pour nous octroyer quelques calories, je vous propose une dînette : plat unique. Deux biscuits et une barre de chocolat. Le tout arrosé d'un demi-verre d'eau. Qu'en pensez-vous ?

Elle ébaucha un sourire crispé.

— Que cela ne vaut pas le foie gras et le champagne, mais je saurai m'en contenter.

— Bah ! Tout est affaire d'imagination. Vous n'aurez qu'à évoquer notre premier dîner, sur la terrasse de Taormine.

Ce repas... Elle se le rappellerait toujours. C'était au temps du bonheur. Comme il avait été court.

Pendant qu'il s'affairait dans la carlingue, s'éclairant à l'aide d'une lampe électrique, elle revivait ces instants, tentant de rajuster ses souvenirs, comme les morceaux épars d'un puzzle. Ne pouvait-elle trouver une justification à Frank ? Peut-être s'était-il laissé prendre à son propre jeu ? Mais pourrait-elle un jour oublier la tricherie initiale ? Lui accorder un pardon qu'il ne méritait peut-être pas ?

— Madame est servie !

Il revenait, lui tendant les biscuits d'un air respectueux, imitant Antonia, dans l'intention de l'amuser.

— Comment pouvez-vous plaisanter dans un pareil moment !

— A quoi servirait de se lamenter en versant des torrents de larmes ? Allons, prenez des forces.

Ils se mirent à grignoter leur faible ration, bien insuffisante et qui ne calmait pas leur appétit.

— Il suffit de très peu pour vivre, commenta Frank. En général, les gens mangent trop. Ils sont bourrés de cholestérol.

— Alors, réjouissons-nous. A ce régime, le taux du nôtre va baisser très vite.

Il lui tendit la bouteille en recommandant :

— Trois gorgées, pas davantage.

— Vous me rappelez ces histoires de naufragés sur un radeau à la dérive.

— Notre sort est plus enviable, car nous sommes sur la terre ferme.

Il se rapprocha d'elle et elle eut un instinctif mouvement de recul.

— Je n'essayais pas de vous embrasser, railla-t-il, je cherchais seulement mon paquet de cigarettes dans la poche de mon blouson.

Elle rougit sans répondre.

— Vous fumez ?

Elle accepta et il tâtonna encore pour prendre son briquet. Pour cela, il était obligé de passer un bras autour de sa taille et elle frémissait à ce léger contact.

Ils fumèrent en silence, perdus dans leurs pensées. Les sauverait-on ? Ils étaient seuls, dans un désert inconnu, sans radio, presque sans vivres. Qui s'inquiéterait d'eux ? En principe, ils étaient partis pour un voyage de noces. Aucune station n'avait pu capter leurs signaux de détresse. Seul un miracle pouvait les sauver.

— Maintenant, il serait raisonnable d'aller dormir, dit-il, après une journée aussi mouvementée.

Il avait raison. Marine ne trouvait rien à objecter.

— Allons dans la carlingue. Il n'y a qu'une couverture, nous la partagerons, comme le reste.

L'espace étroit permettait juste à deux corps de s'allonger.

— Ne serions-nous pas mieux dehors ? questionna la jeune femme, troublée.

— Pour mourir de froid ? Pas question de dormir à la

belle étoile. A propos d'étoiles, admirons-les un peu avant de nous coucher.

Nombreuses, elles brillaient, dans un ciel de velours sombre, froides et pures comme des diamants.

— Ce sont des mondes inexplorés. Des gens y vivent peut-être, et souffrent, comme nous autres, pauvres terriens, murmura la jeune femme, rêveuse.

— C'est un raisonnement de poète. Nulle vie n'est possible sur ces galaxies. C'est prouvé scientifiquement.

— Dommage...

Un bras entoura ses épaules.

— Venez, maintenant.

Avec réticence, elle pénétra dans la carlingue renversée. Bizarre chambre à coucher. Son trouble s'accentua. Cette intimité forcée ne ressemblait à aucune autre.

Elle s'allongea sur le sol dur, s'enroula dans la couverture jusqu'au menton, comme pour se protéger. Mais c'était un mince obstacle. Son compagnon l'imita. Peu à peu, la chaleur de son corps se communiquait au sien. Elle n'osait bouger, de crainte d'éveiller son désir.

— Vous dormez ?

Elle fut tentée de ne pas répondre, mais la négation franchit machinalement ses lèvres.

— Non.

Il se tourna sur le côté, et elle sentit une haleine sur sa joue. Deux bras encerclèrent sa taille, l'attirèrent avec une douce fermeté.

— Laissez-moi. Ne profitez pas lâchement de la situation !

Mais, insensible à ses protestations, il ne l'écoutait pas.

Une bouche chercha fiévreusement la sienne et elle avait beau se cabrer sous ce baiser, elle ne pouvait empêcher son corps de vibrer. Quel pouvoir possédait donc cet homme pour anéantir ainsi sa volonté ? En cette seconde, elle le haïssait et l'aimait en même temps. Deux sentiments opposés, qui se rejoignaient par leur intensité. Les deux extrêmes se touchent. C'était une lutte épuisante. Et, tout à coup, un voile se déchira. Elle sut, avec une profonde certitude, que l'amour l'emportait sur la haine, qu'elle aimait toujours Frank et que rien au monde ne pourrait le lui faire oublier.

Mais comment effacer le souvenir de sa trahison ? Comment guérir de cette inguérissable blessure ?

Haletante, éperdue, elle tentait, en vain, d'endiguer le tumulte de son cœur.

— Marine, je t'aime...

Pour la première fois depuis qu'elle le connaissait, elle se sentait la plus forte. Mais elle n'avait plus le courage de lui jeter ses propres mensonges à la tête.

— Nous sommes en danger, Marine, peut-être allons-nous mourir dans ce désert, poursuivit-il d'une voix étouffée, nous ne pouvons pas nous séparer sur ce terrible malentendu. L'heure de la vérité a sonné. La mienne est simple. Oui, j'ai provoqué notre rencontre. Mais dès que nos mains se sont touchées, je n'ai plus triché. Aucun calcul dans ma conduite par la suite. J'étais pris au piège que je t'avais tendu. Mais je continuais à détester Philippe. S'il n'avait pas parlé...

— Vous auriez continué à me mentir !

— Je ne voulais pas te perdre !

— J'aurais préféré un aveu spontané. Peut-être aurais-je compris, pardonné.

— J'ai préféré ne pas courir ce risque.

Il la serra plus étroitement contre lui et elle comprit qu'il lui était impossible de résister plus longtemps, que toute sa chair réclamait l'étreinte, que plus rien ne comptait que ces lèvres affamées qui, à présent, couvraient sa gorge de baisers brûlants, descendaient vers les jeunes seins dressés, faisant naître des sensations inconnues et merveilleuses.

— Tu es ma femme ! Tu n'appartiendras à personne d'autre !

Elle poussa un gémissement à l'ultime instant de la possession. Ils avaient vibré à l'unisson. Marine chavirait dans un univers éblouissant. Dans l'ombre, elle discernait le visage de Frank, empreint d'une ardente passion. Mais comment faire la part du désir et de la tendresse ?

Lui aussi la contemplait, de ce regard d'aigle où scintillait une lumière en profondeur. Il répéta, une grande flamme orgueilleuse balayant son front :

— Tu n'appartiendras à personne d'autre.

Cette affirmation, prononcée d'un ton farouche, la fit frémir, car elle pouvait aussi bien émaner d'un amour exclusif que d'une constatation de revanche.

Ils restèrent enlacés et Marine sentait contre le sien les battements sourds d'un cœur. Au bout d'un moment qui lui parut une éternité, Frank questionna d'une voix changée :

— Maintenant, à toi de me dire la vérité. Je l'exige. Aimes-tu Philippe ? Est-ce l'intérêt qui t'a poussée à m'épouser, ou bien m'as-tu menti, par orgueil, pour te venger à ton tour ?

Allait-elle se défaire de la seule arme dont elle disposait ? Après, elle serait livrée pieds et poings liés à cet homme qu'elle aimait, mais qui avait trahi sa confiance. Même s'il était sincère à présent, ne resterait-il pas toujours une restriction dans son esprit ? Une défiance dont elle n'était pas maîtresse ? Impossible de se défaire de ce souvenir empoisonné. Un lien s'était brisé. La désillusion avait été trop rude. Seul un miracle pouvait l'en délivrer.

— J'aurais été plus heureuse avec Philippe, soupira-t-elle.

— Ce n'est pas une réponse !

A nouveau, il la pressait contre lui, cherchait son regard, en quête d'un indice.

— C'est toi que j'ai aimé tout de suite, Frank. Ta fortune m'était indifférente. Mais...

Sensible à la restriction, il accentua sa pression tendre et violente à la fois.

— Il n'y a pas de « mais » ! Puisque nous nous aimons, plus aucun problème.

— Si, Frank. Il en reste un.

— Lequel ? Si tu fais allusion à notre situation présente, rassure-toi. Maintenant, je suis certain qu'on sera sauvés.

— Ce n'est pas de ce danger-là dont je parle. Il me semble que, désormais, je ne pourrai plus jamais avoir confiance en toi.

Elle sentit les bras se raidir autour de sa taille.

— Que faut-il donc que je fasse, pour te convaincre de ma sincérité ?

— C'est quelque chose qui est détruit en moi, je n'y peux rien. Attendons.

Les bras se détachèrent d'elle et elle sut qu'elle l'avait blessé.

— Je comprends, approuva-t-il froidement. Bonne nuit, Marine. Essayez de dormir. Le sommeil est un moyen très efficace pour oublier. Du moins provisoirement.

CHAPITRE X

La carcasse de l'avion reposait sur le sable comme le squelette d'un animal. L'horizon restait vide. L'aube s'était levée et le ciel commençait à distiller sa chaleur.

Soulevée sur un coude, Marine écoutait la respiration tranquille de son compagnon d'infortune. On ne connaît jamais complètement un être tant qu'on ne l'a pas vu dormir. Dans le repos, le masque tombe, il ne reste plus que l'essentiel, un reflet de l'âme, sans tricherie.

Privé de son regard flamboyant, le visage de Frank gardait des lueurs d'enfance. Des boucles en désordre encadraient le contour adouci des joues. Une fossette pointait à son menton. Il souriait vaguement, dans un rêve intérieur.

Attendrie, la jeune femme posa un doigt léger sur le torse nu, à la peau brune de corsaire. Ce simple effleurement suffit à réveiller le dormeur. Il ouvrit les yeux, étira ses bras en un mouvement de fauve repu.

— Déjà debout ? J'ai honte de ma paresse !

— Il ne faut pas, car il n'y a rien d'urgent à faire.

— Je ne suis pas de votre avis. Que faites-vous du petit déjeuner ?

— Le petit déjeuner, remarqua-t-elle d'un air désabusé, doit consister en un biscuit et une cuillerée d'eau.

— On ne peut rien vous cacher ! Mais patience. Bientôt, on vous servira un chocolat crémeux accompagné d'une pyramide de croissants.

— Vous êtes optimiste.

— Je refuse le pessimisme, c'est tout. Pourquoi une attitude plutôt qu'une autre ?

Tout en parlant, il s'était levé, avait passé sa chemise de toile.

— Tiens, il manque un bouton. Je dirai à Antonia de le recoudre.

Cette allusion à une existence familière fit monter des larmes aux yeux de la jeune femme.

— Quand viendra-t-on nous secourir ?

— Pas de défaitisme, je suis persuadé que notre délivrance est proche.

Il la prit doucement entre ses bras. Ses lèvres se posèrent sur la chevelure emmêlée qui conservait les senteurs d'un délicat parfum.

— Nous sommes seuls, tous les deux, perdus au milieu du désert. Plus rien ne nous sépare. Si nous retrouvons la civilisation, peut-être regretterons-nous cette solitude.

Puis, comme s'il se reprochait cette marque de faiblesse, il alla chercher le paquet de biscuits, fit la distribution. Une volte-face qui lui était coutumière. Sans doute craignait-il de s'attendrir, sentiment dont son orgueil s'accommodait mal. Déconcertant caractère.

Que restait-il de leur intimité nocturne ? S'était-il repris ?

Moroses, ils grignotèrent en silence. Le soleil faisait étinceler le sable. Marine croyait voir des lacs miroiter devant ses yeux fatigués. « Des mirages », pensa-t-elle avec accablement. Mais elle s'efforçait de ne pas montrer son découragement pour ne pas démoraliser Frank.

— Combien reste-t-il de provisions ?

Il comprit son angoisse, répondit avec un enjouement assez bien imité :

— Quatre biscuits et un tiers de bouteille d'eau. C'est amplement suffisant.

Il leva les yeux vers le ciel, à la recherche d'une trace argentée.

— Si seulement un avion pouvait nous repérer.

— Parce que vous croyez que les secours viendront du ciel ?

— Ciel ou terre, qu'importe, pourvu qu'ils arrivent. Et ils arriveront ! Cramponnez-vous à cette idée !

D'un élan, elle se jeta contre lui.

— Oh ! Frank, j'ai peur !

— Je suis là. Ne craignez rien. Je vous protège...

Comme ces mots étaient réconfortants. Elle pensait à leur nuit, aux caresses échangées, et elle savait que cette étreinte les avait rapprochés. Il ne restait plus qu'une légère barrière entre eux pour qu'ils s'atteignent définitivement. Quel événement pouvait la renverser ?

Dans l'intransigeance de son amour, elle refusait le moindre compromis. Tout devait être clair entre eux. Pas une ombre. Quel miracle pourrait lui faire retrouver sa confiance perdue ?

Elle pleura longtemps, réfugiée contre cette robuste poitrine d'homme qui faisait rempart au danger.

Torride, une autre journée s'annonçait. Réfugiés à l'ombre restreinte de l'avion, ils épiaient cette mer de sable dont la blancheur les éblouissait. Vers le milieu de l'après-midi, le vent se leva. Tout d'abord, Marine s'en réjouit, car l'air devenait étouffant. Mais ce vent était chaud. Elle avait la sensation de recevoir le jet d'un séchoir électrique en plein visage. Peu à peu, il s'intensifia. Les dunes semblaient onduler. Des creux se formaient sous les rafales, qui soulevaient des nappes de sable. D'un geste vif, Frank déchira une manche de sa chemise, l'appliqua sur le visage de sa compagne.

— Une tempete de sable, diagnostiqua-t-il. Evitez de respirer trop profondément et fermez vos yeux.

— Et vous ?

— Je vais vous imiter. Dieu merci, une chemise comporte deux manches !

— Nous ressemblons à deux touaregs, plaisanta-t-il. Allons dans la carlingue.

Il y régnait une chaleur d'étuve et, la porte ayant été détruite, ils n'y étaient guère préservés. Le sable s'infiltrait partout, les suffoquant.

Epouvantée, Marine se pressait contre son compagnon. Ses poumons étaient en feu. Elle tremblait convulsivement.

— N'ayez pas peur. Ces grandes colères du désert sont brutales, mais brèves.

Elle pensait à l'Etna, ce géant assoupi qui, lui aussi, était sujet à des accès de fureur.

Combien de temps durerait la tornade ? Des bourrasques ébranlaient leur précaire abri. Serrés l'un contre l'autre, ils retrouvaient la douceur de leur intimité nocturne.

Puis, aussi brusquement qu'il s'était levé, le vent tomba. Le désert reprit son immobilité. Un calme impressionnant succéda aux éléments déchaînés.

— Que vous avais-je dit ?

Lentement, sa main délivrait le jeune visage des longues mèches qui le rayaient.

— Avec ces paillettes qui se sont incrustées dans votre peau, vous brillez comme une petite déesse d'or.

— L'heure est-elle vraiment aux compliments ?

— C'est toujours le moment de dire à une femme qu'elle est jolie.

Elle secoua la tête, soupira.

— On dirait que le désert a changé d'aspect.

— En effet, le vent a laissé ses traces. Il a modelé les dunes. C'est ainsi, je crois, que se forment ces fameuses roses des sables, chères aux collectionneurs.

— Une rose des sables, murmura-t-elle pensive-
ment. Comme leur origine est jolie.

— Je vous en offrirai une.

— Quand ?

— Bientôt.

En était-il si sûr ? Elle remarquait ses traits tirés. Un
pli barrait son front, à la verticale, entre les deux noirs
sourcils.

Vers le soir, ils mangèrent les derniers biscuits,
burent la dernière goutte d'eau.

— Venez dormir, Marine.

Il l'entraînait doucement, et elle se laissait faire,
comme une enfant perdue. L'espoir l'avait quittée, la
peur aussi. Ils allaient mourir ensemble. N'était-ce pas
là le signe du destin, qu'elle attendait ? C'était la seule
façon d'oublier...

A cet instant, tout s'effaçait. Il n'y avait plus de place
pour la haine et la rancune.

Comme s'il lisait dans ses pensées, il la serra étroitement contre lui.

— Je t'aime. Me crois-tu enfin ?

— Oui, Frank, je te crois. Mais tu m'as fait tant de
mal.

— Ne me l'as-tu pas rendu ?

Leurs bouches s'unirent. Le désir s'alluma. Elle
éprouvait le besoin de se mêler à lui, de lui appartenir
entièrement, complètement. Une ivresse les prenait. Ils
s'aimèrent avec une frénésie proche du désespoir.

Quand il la lâcha, pantelante, prise d'une faiblesse
empreinte d'un miséricordieux bien-être, elle tomba
dans un profond sommeil.

CHAPITRE XI

L'AIR étouffant brûlait leurs gorges desséchées. Un bras passé autour des épaules de sa compagne, mal rasé, en sueur, Frank remuait de sombres pensées qu'il ne voulait pas exprimer. Dans cette zone aride, comment se ravitailler ? Il ne leur restait plus rien. Combien de temps pourraient-ils survivre, si on ne les découvrait pas rapidement ? Il prit une décision.

— Ecoutez, Marine, vous allez rester ici, près de l'avion. Moi, je vais essayer de trouver un point d'eau.

Elle sursauta.

— Je vous accompagne !

— Non. Vous êtes trop faible, et puis il ne faut pas quitter cette épave. C'est notre seule chance de salut.

— Alors, restez avec moi !

— Nous n'avons plus rien à boire.

— Cela m'est égal. Nous devons tout partager.

Ses yeux brillèrent de larmes.

— Je vous en supplie, ne me laissez pas seule !

Comme il hésitait, partagé entre le cœur et la raison, la jeune femme tressaillit.

— On dirait que j'entends un bruit...

Il prêta l'oreille, ne discerna rien. Marine était sans doute le jouet d'une hallucination auditive.

— Vous croyez ?

— J'en suis certaine !

Il écouta avec une attention accrue et, à son tour, il lui sembla percevoir le bruit caractéristique d'un moteur.

Fous d'espérance, ils sondaient l'horizon nu de leurs yeux fatigués. N'était-ce qu'un mirage ?

Soudain, une voiture se profila au loin. Réunissant leurs dernières forces, ils se mirent à courir dans cette direction, en faisant de grands signaux et en poussant des cris. La voiture allait-elle disparaître sans les voir, ni les entendre ? Le cœur de Marine battait à coups désordonnés. Elle crut qu'elle allait s'effondrer. Une main se glissa dans la sienne.

— Courage ! Ils nous ont aperçus.

En effet, la voiture, une Land-Rover, avait viré et se dirigeait vers eux. Elle était conduite par un homme d'une quarantaine d'années, vêtu d'un treillis kaki, portant une petite casquette à visière plate.

— Hello ! Que faites-vous là ? s'exclama le chauffeur, avec un fort accent américain.

Haletants, ils n'avaient même plus la force de répondre.

— J'ai l'impression que je suis arrivé à temps ! Allons, montez, on se serrera.

Un couple de Hollandais, solidement charpentés, occupaient la banquette arrière. Ils parlaient français et le gros homme questionna l'air gourmand :

— Que vous est-il arrivé ?

— Mon avion s'est abattu au cours d'un orage, expliqua brièvement Frank. Nous étions à bout de ressources.

— Des naufragés du désert ! gloussa le Hollandais, avec une visible satisfaction. Quelle chance ! On pourra dire que nous avons eu des émotions. Je ne regrette pas cette excursion !

Insensible à cet égoïsme, Marine savourait l'instant.

— Au lieu de débiter des sornettes, vous feriez

mieux de leur offrir à boire, jeta le conducteur, par-
dessus son épaule.

Jamais breuvage ne leur parut plus délectable que la
limonade tiède qu'on leur tendait obligeamment.

— On a aussi des sandwiches, proposa la grosse
Hollandaise.

Quand ils furent restaurés, Frank posa la question
qui l'intriguait.

— Où sommes-nous ?

— Dans le grand Erg, le renseigna l'Américain.
Vous avez une rude chance, boy ! Il passe rarement de
voitures dans ces parages. Mais j'ai comme clients des
touristes qui voulaient absolument connaître le désert.
Sans eux... Vous leur devez une fière chandelle !

— Où allez-vous ?

— Nous regagnons notre base : à Tozeur.

— C'est encore loin ?

— Une journée de route. Nous arriverons ce soir.

La Land Rover traversa l'étendue désertique du
Chott el Djerid, ce lac salé que le temps avait desséché.
Aveuglant de blancheur, le sable s'étendait à l'infini.

— On dirait du sucre cristallisé ! dit la Hollandaise.

Si peu poétique qu'elle soit, la comparaison était
juste.

Etourdis par leur aventure, Marine et Frank auraient
préféré le silence, mais les deux touristes les harcelaient
de questions.

La voiture emprunta une piste plus carrossable et les
dunes ocrées, moutonnant à l'horizon, semblaient
moins redoutables.

Retrouver la civilisation... Au fur et à mesure qu'ils
s'en rapprochaient, Marine sentait renaître la sourde
inquiétude qui l'avait abandonnée durant l'épreuve.
Elle éprouvait l'angoissante impression de pénétrer à
nouveau dans un univers où tout reprenait de l'importance, où les conflits, gommés dans le danger et la

solitude, resurgissaient, avec leur cortège de doutes et
de tourments.

Ils arrivèrent à Tozeur à la nuit tombante. Après
avoir chaudement remercié leur sauveur, Frank se fit
conduire au meilleur hôtel, le « Sahara-Palace »,
recommandé par l'Américain.

— Venez, Marine...

Elle retrouvait le ton autoritaire des mauvais jours.

Quand ils arrivèrent au Palace, sales et dépenaillés,
Frank dut parlementer longuement afin de prouver sa
solvabilité. L'interprète parlait un français défaillant et
il s'énervait.

— Prenez un bain et reposez-vous, pendant que je
téléphone d'urgence. Je vous rejoindrai après.

Jamais elle n'aurait supposé que le simple fait de
s'étendre dans une eau chaude et parfumée puisse lui
causer un tel plaisir. Elle se brossa ensuite les cheveux
devant le miroir, constata qu'elle avait bruni. Ce hâle
faisait ressortir le bleu limpide de son regard. Honnête-
ment, elle se trouvait plus jolie qu'avant.

La porte s'ouvrit derrière son dos.

— Quel effet cela vous fait-il de retrouver le
confort ?

Leurs yeux se rencontrèrent au fond du miroir. Frank
lui était apparu comme un reflet. Lentement, elle se
retourna.

— Je ne croyais plus à notre sauvetage, avoua-t-elle.

— Moi, je n'ai jamais désespéré.

Bizarrement, la gêne s'installait entre eux. Comme
s'ils n'avaient plus rien à se dire. Comme s'ils étaient
devenus deux étrangers l'un pour l'autre. Sans doute
leur fallait-il un temps de réadaptation, après la terrible
aventure.

— Allons dîner, décida Frank, pour rompre leur
embarras. Je ne sais pas en quoi consistera ce repas,
mais je vous promets qu'il y aura autre chose au menu
que des biscuits.

Piteusement, il montra sa chemise déchirée.

— Demain, nous achèterons des vêtements. Si vous voulez adopter la mode locale, elle vous ira très bien. Quant à moi, je me vois très bien en djellaba.

Il parlait pour s'étourdir. Sous ce verbiage, elle devinait une inquiétude sœur de la sienne. « S'aimer est don si compliqué ? » songea-t-elle, le cœur serré. Que faut-il faire pour que le passé soit définitivement effacé ?

Néanmoins, elle s'appliqua à se mettre à l'unisson.

Ils dînèrent dans la grande salle luxueuse du Palace au décor typique. A nouveau, ils se taisaient. Comme si un fil s'était rompu. Comme s'ils avaient peur d'aborder des sujets délicats concernant l'avenir. Ce fut Frank qui prit l'initiative.

— J'ai réussi à joindre Vercel. Il va m'expédier de l'argent. Nous partirons dans quelques jours, le temps de nous remettre de nos émotions.

— Pour aller où ? questionna-t-elle avec appréhension.

— Cela dépend de vous.

— Vous... vous n'avez plus l'intention de me séquestrer ?

C'était dit sur le mode mi-sérieux, mi-railleur.

— J'ai compris qu'on ne retient pas de force un amour. Vous irez où bon vous semblera.

Oui, la vie reprenait son cours, avec ses susceptibilités, ses contraintes matérielles, ses dilemmes.

— Nous étions si bien, dans le désert, murmura-t-elle, proche des larmes.

Il ne sourit pas à ce puéril regret. Il comprenait ce qu'elle voulait dire.

— Oui, Marine, approuva-t-il en hochant la tête. Nous étions si bien...

CHAPITRE XII

Un vent doux, si diffé-
rent de ce vent de sable qui soufflait dans le désert,
agitait les branches des palmiers-dattiers. Les constructions blanches et cubiques se dessinaient sur un ciel
bleu vif où pointait la flèche aiguë d'un minaret.

— Vous n'êtes pas bavarde, ce matin.

Marine réussit à sourire. Pouvait-elle exprimer son
état d'âme ? Elle-même n'arrivait pas à définir la cause
exacte de sa tristesse.

— Je suis encore lasse. Mais j'apprécie cette oasis.
C'est un havre de paix.

— Surtout un endroit où l'on trouve de l'eau ! Je
crois que je n'aurai plus jamais aussi soif de ma vie.

La jeune femme avait trouvé des vêtements convena-
bles, voire élégants, dans les nombreuses petites
boutiques qui bordaient la place Ech Chabbat. Son
compagnon, pour sa part, avait troqué ses habits
déchirés contre un pantalon de toile et une chemise
assortie. Physiquement, ils ne conservaient aucune
séquelle de leur aventure.

Psychiquement, c'était un autre aspect du problème.

Marine s'interrogeait avec perplexité, se demandant
par quelle singulière contradiction de l'âme leur sauvetage avait brisé leur entente. La veille, elle avait espéré
un rapprochement physique. Mais Frank, après une

courte hésitation, l'avait quittée au seuil de sa chambre en disant simplement : bonne nuit, Marine. Vous avez besoin d'un sommeil réparateur, après ces péripéties.

Ils longèrent une palmeraie. A travers les arbres, luisait un petit lac surmonté d'un vol de flamants roses. Puis ils obliquèrent dans l'avenue de Kairouan, où les marchands offraient leurs plus beaux tapis avec des souvenirs encourageants. Par les portes béantes des ateliers, on voyait de très jeunes filles installées devant d'immenses métiers à tisser. Leurs doigts agiles maniaient les brins de laine multicolores.

— Quelle somme de travail et de persévérance représentent ces tapis que nous foulons avec indifférence, remarqua Marine, admirative.

— Dans la vie, tout est une question de patience. Il suffit d'attendre.

A quoi faisait-il allusion ? Que leur réservait l'avenir ? Elle avait beau évoquer leurs étreintes, elle ne parvenait pas à reprendre racine dans la vie quotidienne. Pourrait-elle vivre avec Frank ? Leur amour avait fulguré au sein du désert, dans cette immense solitude, sur cette terre nue balayée par le vent qui faisait naître des roses, et surgir des mirages. N'était-il pas bien fragile s'il ne reposait que sur un élan des sens ?

Par instants, quand elle repensait aux révélations de Philippe, elle retrouvait, intacte, une étincelle de rancune envers celui qui s'était servi d'elle pour assouvir sa vengeance. Même si, par la suite, il s'était racheté.

« Et pourtant, je l'aime », pensa-t-elle, désorientée. Comment concilier ces deux sentiments ?

La voix de son compagnon la ramena sur terre.

— Venez, Marine. Laissez-vous vivre. Appréciez l'existence, après avoir cru la perdre.

Lisait-il dans ses pensées ? Il ajouta :

— Le temps adoucit tout.

Apporterait-il l'oubli ?

Ils passèrent quelques jours à Tozeur, puis, à bord d'un avion-taxi, gagnèrent Tunis, où ils descendirent dans le meilleur hôtel.

— Demain, il faut prendre une décision. Quelles sont vos intentions ?

Il la tenait tout entière sous son regard dominateur. L'instant décisif était venu. Elle ne pouvait plus atermoyer.

— Ecoutez, Frank, je crois qu'un certain recul est nécessaire, pour nous reprendre, mettre de l'ordre dans nos sentiments. Je voudrais tout d'abord rentrer à Paris, pour rassurer ma sœur sur mon sort.

— Et retrouver Philippe, par la même occasion ? grinça-t-il.

— Non, dit-elle avec lassitude. Vous savez très bien que je ne l'aime pas.

— Dans ce cas, pourquoi nous séparer ?

Elle cherchait une raison logique, ne la trouvait pas.

— Le sais-je ? soupira-t-elle.

Il s'emporta.

— Je vais vous le dire, moi ! Vous ne m'aimez pas !

— Si, Frank ! Je vous aime ! Mais...

— Il y a toujours un « mais » dans votre soi-disant amour ! Avouez plutôt que vous me garderez éternellement une rancune tenace !

— Non, protesta-t-elle, ce n'est pas cela !

— Alors, qu'est-ce ?

Il l'avait prise aux épaules, la serrait avec rudesse.

— C'est compliqué, Frank. Je vous aime et je vous pardonne, je vous crois aussi quand vous prétendez m'aimer, mais je n'arrive pas à guérir. Essayez de me comprendre. Je vous ai tout de suite adoré, d'un amour absolu, plein de confiance, et...

— Je vois, l'interrompit-il avec amertume. Vous me considérerez toujours comme un tricheur, vous suspecterez mes moindres paroles ! En effet, sur ces bases, la

vie commune est impossible, il vaut mieux nous séparer
si vous vous méfiez de moi constamment !

— Je vous en supplie, Frank, soyez patient. Accor-
dez-moi quelques jours de réflexion.

— Qui m'assure qu'après ce délai vous me revien-
drez ?

Elle eut un sourire plein de mélancolie.

— Trop de choses nous lient désormais pour que
nous nous quittions. Mais laissez-moi le temps d'oublier.

Il abaissa sur elle un regard ombrageux.

— Si vous ne revenez pas, j'irai vous chercher, et je
vous trouverai, où que vous vous cachiez !

— Je n'ai pas l'intention de me cacher. Je vais
habiter chez ma sœur, comme par le passé.

— Mais plus rien ne sera comme avant ! Ni pour
vous, ni pour moi !

Dans le tumulte de ses pensées, la jeune femme ne
savait plus quel parti prendre. Frank avait raison. Mais
son instinct l'avertissait qu'une séparation provisoire
était nécessaire pour reprendre son équilibre. Un
amour profond, durable, ne peut reposer sur un socle
d'argile. Frank avait su éveiller ses sens, elle avait goûté
la volupté de ses caresses, mais ce n'était pas suffisant.
Cette ivresse avait tout faussé. Il ne fallait pas qu'il
subsiste en eux la moindre parcelle de haine ou de
rancune.

Il ne l'avait pas quittée du regard, épiant ses réactions, cherchant à discerner ses véritables intentions.

Tout à coup, il l'enlaça, plaqua contre lui ce corps
souple et tiède qu'il avait déjà plié à sa volonté.

— Vous m'appartenez, madame Morgane ! Que
vous le vouliez ou non, vous êtes ma femme !

Une faiblesse l'envahit. Dans cette luxueuse et
impersonnelle chambre de palace, qui ressemblait si
peu à la magie du désert, elle allait succomber, et c'est
justement ce qu'elle aurait voulu éviter.

— Laissez-moi ! gémit-elle.

— Non ! Vous voulez une séparation, soit. Accor-
dez-moi au moins un viatique, pour avoir la patience de
vous attendre.

Il la déshabillait sans violence, avec une ardeur
passionnée. Tout chavirait dans l'esprit de la jeune
femme. Rien ne comptait plus que ces mains frémissantes caressant sa chair, ces lèvres exigeantes qui
parcouraient son corps à petits baisers brûlants. Les
yeux mi-clos, elle gémissait de plaisir, offerte à cet
homme qui avait le pouvoir de lui faire perdre toute
conscience.

Quand il la renversa sur le lit, elle retrouva cette
sensation de chute dans un gouffre rempli d'étincelles.
Sa chair apaisée, encore frémissante, gardait la trace
des baisers.

— Vas-tu me quitter, maintenant ?

Penché sur elle, il l'interrogeait avec âpreté. Elle lui
sourit, avec une tendresse un peu triste. Malgré l'ardente étreinte, sa résolution n'avait pas faibli. Mieux,
même : elle s'était renforcée.

— Oui, Frank, répondit-elle d'un ton ferme. C'est
indispensable, si nous voulons que notre amour dure.

— Je t'attendrai, promit-il farouchement, avec un
air de volonté qui défiait le destin.

CHAPITRE XIII

Marine avait télégraphié à sa sœur pour la prévenir de son retour. Hélène l'attendait à l'aéroport. Elles se jetèrent dans les bras l'une de l'autre.

— Ton mari ne t'a pas accompagnée ? s'étonna Hélène, après ces effusions.

— Il est resté à Taormina. Je te raconterai.

— Je l'espère bien ! Ne me fais plus de cachotteries !

Une ombre envahit le petit visage rieur.

— Tout va bien, entre vous deux ?

— Oui, ne t'inquiète pas.

Mal convaincue, Hélène secoua sa tête bouclée, une nouvelle coiffure qui la faisait ressembler à un angelot.

— Se séparer après un aussi court voyage de noces, ce n'est pas normal.

— Un voyage de noces pas ordinaire. Si tu savais ce qui nous est arrivé !

Tout en bavardant, elles avaient quitté Orly, hélé un taxi. Hélène revint à la charge.

— Je suppose que tu ne fais qu'une brève escale à Paris ? Le temps d'acheter des toilettes somptueuses ? J'oublie toujours que tu es riche.

— Moi aussi, je l'oublie... murmura mélancoliquement Marine.

Sa réflexion provoqua une réaction immédiate.

— J'en étais sûre ! s'exclama Hélène. Quelque chose ne va pas entre Frank et toi ! Confie-toi à moi, ma grande.

Quand Hélène employait ce terme familier, Marine fondait littéralement. Mais elle se contenta de soupirer :

— Attends au moins que nous soyons rentrées à la maison.

Hélène obéit et n'ouvrit plus la bouche jusqu'à leur domicile.

— Tu sais, rien n'est changé, avertit-elle en grimpant lestement l'escalier, à la manière d'un chamois.

Rien n'est changé... Marine aurait voulu pouvoir en dire autant. Elle regrettait son insouciance passée.

— Tu t'essouffles ! la taquina Hélène. C'est naturel, tu es habituée au confort, au luxe, maintenant !

Quand elle retrouva le décor familier, Marine sentit son cœur se serrer. Malgré l'entrain de sa sœur, elle comprenait que sa place n'était plus ici. Mais où était-elle vraiment ?

Comme à travers un brouillard, elle entendait le babil d'Hélène.

— Assieds-toi, je m'occupe de tout. Que veux-tu ? Du thé au jasmin, comme autrefois ? C'est celui que tu préférais.

— D'accord pour le thé au jasmin, accepta la jeune femme avec lassitude.

Quand les deux tasses fumèrent sur la table basse, Hélène questionna, les yeux brillants de curiosité :

— Maintenant, raconte.

Il n'était pas question de mettre sa jeune sœur au courant de son problème sentimental. Mais elle ne pouvait lui cacher son aventure, qui avait largement de quoi séduire l'imagination d'Hélène. Elle lui narra donc l'essentiel, la panne au-dessus du désert, leur attente angoissée et enfin leur délivrance. De temps à autre, Hélène poussait des exclamations horrifiées.

— Ma pauvre chérie ! Si j'avais pu me douter !

— Bah ! Tout est bien qui finit bien. Comme tu peux le constater, je me porte à merveille.

— Ce n'est pas mon avis. Je te trouve une bien petite mine. Mais c'est forcé, après une telle épreuve. Il y a de quoi écrire un roman.

— Ecris-le. Je t'en donne l'exclusivité, répliqua Marine avec indulgence.

Hélène hocha la tête.

— Tu ne crois pas si bien dire. J'ai l'intention de me consacrer à la littérature.

— Voilà qui est nouveau ! A ton tour, parle-moi de toi.

— Pas avant que tu ne m'aies dit pourquoi tu es venue seule à Paris.

— Tu as deviné : pour faire des achats. Je n'ai pas trouvé ce que je désirais en Italie.

— Et tu comptes rester loin de ton mari ?

— Rassure-toi, je ne t'embarrasserai pas longtemps.

— Mais cela ne m'ennuie pas, bien au contraire ! s'écria Hélène avec fougue.

— A toi, maintenant. Qu'as-tu fait, pendant mon absence ?

Hélène rougit, en évitant le regard perspicace de sa sœur.

— Rien de bien original. Je continue mes études, je me débrouille pour la cuisine et puis... je vois souvent Philippe. Il m'invite au restaurant. Nous parlons de toi.

— Comment va-t-il ?

— Mieux qu'on aurait pu le supposer. Il s'est résigné, que veux-tu. C'est un garçon merveilleux, tu sais ! Il m'a affirmé qu'il ne souhaitait que ton bonheur...

Ces paroles soulagèrent Marine. Philippe n'avait donc rien dit. A tout point de vue, c'était préférable.

— Il est si gentil, si prévenant. Tu ne regrettes rien, au moins ? s'inquiéta Hélène, devant l'air songeur de sa sœur.

— Non seulement je ne regrette rien, mais je serais ravie s'il pouvait s'attacher à toi.

— Que vas-tu supposer là ! s'exclama Hélène, rouge comme un coquelicot. D'abord, je suis trop jeune.

— C'est un défaut qui te passera vite, soupira Marine .

Un mois s'écoula. Hélène avait cessé d'interroger sa sœur, pressentant un mystère, mais comprenant qu'il fallait se montrer discrète.

Marine n'avait pas revu Philippe. Elle lui avait téléphoné pour lui dire qu'elle lui gardait toute son amitié, que tout allait bien pour elle, mais qu'elle traversait une période de réflexion. Plein de tact, le jeune homme n'avait pas insisté. En revanche, Hélène le rencontrait souvent et il avait été informé de l'accident d'avion, narré dans ses moindres détails. Qu'en concluait-il ?

Marine savait parfaitement que cette existence ne pouvait pas durer. Elle se trouvait à une croisée de chemins. Lequel prendre ? Une sorte de paresse l'engourdissait. Tout son être la poussait à rejoindre Frank, mais il ne donnait plus signe de vie, et ce silence l'angoissait.

Qu'attendait-elle ? Une superstition bizarre l'envahissait. Un peu comme si elle attendait un signe du destin. Elle le guettait. Mais saurait-elle le reconnaître ?

Elle portait toujours en elle ce germe de souffrance que l'intransigeance de son amour ne pouvait effacer.

Les jours s'égrenaient, simples et tranquilles, en une fausse sécurité. Marine s'enfonçait peu à peu dans une indolence inhabituelle. Elle se sentait fatiguée. Un après-midi, alors qu'Hélène lui tendait un fruit, elle fut prise d'un malaise accompagné de nausées. Elle devint si pâle que sa sœur la força à s'allonger.

— Qu'as-tu, ma grande ? s'affola-t-elle.

Ce qu'elle avait ? Un frémissement intérieur, sembla-

ble à ces grandes révélations de l'âme, la secoua tout
entière.

Le signe attendu, sans savoir exactement en quoi il
consistait, venait enfin ! Une exaltation la souleva. Une
lumière fit scintiller ses yeux bleus.

— Hélène, dit-elle, rayonnante, comme ressuscitée,
Hélène, je vais te quitter ! Demain, je pars rejoindre
mon mari à Taormina !

Elle avait envie de crier au taxi qui la ramenait de
l'aéroport : plus vite ! Comme si elle ne voulait plus
perdre un seul instant de son existence.

Elle reconnaissait le chemin tortueux, le ciel
immense et pur, les balcons débordant de fleurs accrochés au flanc de la montagne.

Une brève inquiétude, cependant, venait freiner son
exaltation. Comment Frank allait-il l'accueillir ? « Je
t'attendrai », avait-il promis. Mais il n'avait ni écrit, ni
téléphoné. Aucune nouvelle. L'aimait-il encore ?

Le cœur de Marine battait à se rompre quand elle
sonna au grand portail. Ce fut Antonia qui vint lui
ouvrir. La brave femme ne marqua aucun étonnement,
comme si Marine ne s'était jamais absentée.

— Où est monsieur ?

— Le signor est sur la terrasse.

C'était l'heure où le crépuscule noie l'horizon d'une
lueur mauve. Un air doux s'infiltrait par les fenêtres
ouvertes. Blanche d'émotion, Marine aperçut une
haute silhouette se profilant sur le fond uni du ciel. Elle
s'en approcha lentement. Il dut percevoir une présence,
car il se retourna d'un bloc.

— C'est vous, Marine...

Ils s'étaient immobilisés face à face, se contem-
plaient, fascinés, comme s'ils ne s'étaient jamais vus.

— Tu es revenue...

Ses traits n'exprimaient rien.

— Pour longtemps ?

— Pour toujours, si tu le veux bien.

Alors, il s'anima. Au fond des sombres prunelles de tzigane, la lumière revint. Deux bras entourèrent le buste gracile de la jeune femme. Des baisers fous s'éparpillèrent dans sa chevelure.

— Si tu savais comme j'ai souffert, espéré, douté... Je ne supporterai plus une séparation !

— Moi non plus, Frank.

— Jure-moi qu'il ne reste plus aucune trace du passé ? Que notre amour est pur de toute rancune, de tout mauvais souvenir ?

— Il ne reste plus rien de tout cela. Je ne veux me rappeler que le jour où nous nous sommes rencontrés. Notre histoire commence à cette seconde-là. Que m'importe ce que tu avais comploté, avant ? Je crois en toi.

— Alors, je ne regrette pas cette cruelle épreuve.

Il l'éloigna de lui, la tenant à bout de bras, la couvant d'un regard ardent.

— Nous serons seuls tous les deux, toujours !

— Non, Frank.

De nouveau, l'ombre avait envahi le visage masculin, si sensible, que la moindre émotion le métamorphosait.

— Marine, dit-il d'une voix altérée, on a toujours tendance à croire à ses rêves. Tu n'es pas obligée de revenir vers moi. Tu es libre. Une étreinte passagère ne laisse aucun souvenir.

— Si, Frank. Elle en a laissé un...

Il hésita à comprendre, mais lut la vérité dans le tendre regard bleu.

— Marine ! Est-ce possible !

— Oui, Frank. Désormais, nous serons trois.

Cette étreinte au milieu du désert, dans les plis glacials d'une nuit terrifiante, quand ils étaient perdus dans les sables, à la merci des éléments déchaînés, avait donc marqué leur destinée !

— L'enfant du désert, quel joli titre ! dit-il en riant, pour dissimuler son émotion.

— Je le soufflerai à Hélène, pour son prochain roman. Ma sœur veut devenir écrivain.

— Elle racontera notre histoire, ma chérie.

Puis, avec une passion décuplée, il reprit la jeune femme contre lui. Sa bouche s'appuya longuement sur les lèvres soumises.

— Ma femme, murmura-t-il avec ferveur. Pour toujours. Corps et âme.

La fougue avec laquelle elle répondait à ses baisers était la meilleure des réponses.

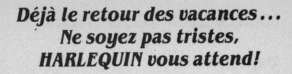

Déjà paru...

DE POURPRE ET DE SOLEIL

Nando Bonavia, italien enjôleur et séduisant, se présente chez Amy pour lui apprendre qu'elle est propriétaire d'un grand vignoble en Italie. Sûr de son pouvoir de séduction, il entreprend alors de lui faire la cour dans le seul but de lui racheter son titre de propriété!

Cet "Apollon" latin lui paraissait trop attirant et trop entêté pour être digne de confiance, mais Amy était prête à tout lui céder pour un de ses plus radieux sourires...

Pourtant, il lui fallait défendre ses droits—ne serait-ce que pour défier ce présomptueux charmeur! Saurait-elle lui dire non?

HARLEQUIN SEDUCTION

Déjà paru . . .

UN AMOUR BRULANT DE HAINE

Travailler comme prospecteur de forages pétroliers au Texas avait toujours été le rêve de Tonia. Mais sous les ordres de Mark Anders, c'était devenu un cauchemar...

Il était arrogant, intransigeant et avait déjà brisé la vie de plusieurs femmes. Tonia ne pouvait aimer un être aussi abject, se disait-elle. Elle le méprisait.

Pourtant, elle ne pouvait feindre d'ignorer le charme terriblement viril qui émanait de lui, son sourire espiègle, sa crinière fauve—elle rêvait jour et nuit de ses baisers, de ses caresses...Comment apaiser à la fois son corps et son âme ?

Collection Harlequin

Recevez chez vous 6 nouveaux livres chaque mois—et les 4 premiers sont gratuits!

En vous abonnant à la Collection Harlequin, vous êtes assurée de ne manquer aucun nouveau titre! Les 4 premiers sont gratuits—et nous vous enverrons, chaque mois suivant, six nouveaux romans d'amour. Mais vous ne vous engagez à rien: vous pouvez annuler votre abonnement à tout moment, quel que soit le nombre de volumes que vous aurez achetés. Et, même si vous n'en achetez pas un seul, vous pourrez conserver vos 4 livres gratuits!

Harlequin Romantique

...la grande aventure de l'amour!

Ne manquez plus un seul de vos romans préférés:

abonnez-vous et recevez en CADEAU quatre romans gratuits!

Éternelle jeunesse du roman d'amour!

On a l'âge de son esprit, dit-on. Avez-vous jamais songé à vérifier ce dicton?

Des romancières célèbres telles que Violet Winspear, Anne Weale, Essie Summers, Elizabeth Hunter... s'inspirant du vrai roman d'amour traditionnel, mettent en scène pour votre plus grand plaisir héros et héroïnes attachants, dans des cadres romantiques qui vous transporteront dans un monde nouveau, hors de la grisaille du quotidien. En partageant leurs aventures passionnantes, vous oublierez soucis et chagrins, vous revivrez les émotions, les joies...la splendeur...de l'amour vrai.

Six romans par mois... chez vous... sans frais supplémentaires... et les quatre premiers sont gratuits!

Vous pouvez maintenant recevoir, sans sortir de chez vous, les six nouveaux titres HARLEQUIN ROMANTIQUE que nous publions chaque mois.

Et n'oubliez pas que les 6 vous sont proposés au bas prix de $1.75 chacun, sans aucun frais de port ou de manutention. Pour vous assurer de ne pas manquer un seul de vos romans préférés, remplissez et postez dès aujourd'hui le coupon-réponse suivant: